O REI DA TERRA

Obras do autor

234
33 contos escolhidos
Abismo de rosas
Ah, é?
Arara bêbada
Capitu sou eu
Cemitério de elefantes
Chorinho brejeiro
Contos eróticos
Crimes de paixão
Desastres de amor
Dinorá
Em busca de Curitiba perdida
Essas malditas mulheres
A faca no coração
Guerra conjugal
Lincha tarado
Macho não ganha flor
Meu querido assassino
Mistérios de Curitiba
Morte na praça
Novelas nada exemplares
Pão e sangue
O pássaro de cinco asas
Pico na veia
A polaquinha
O rei da terra
Rita Ritinha Ritona
A trombeta do anjo vingador
O vampiro de Curitiba
Virgem louca, loucos beijos

DALTON TREVISAN

O REI DA TERRA

4ª edição revista

EDITORA RECORD
RIO DE JANEIRO • SÃO PAULO
2007

CIP-Brasil. Catalogação-na-fonte
Sindicato Nacional dos Editores de Livros, RJ.

T739r
4ª ed.
Trevisan, Dalton
   O rei da terra / Dalton Trevisan. – 4ª ed. rev. –
Rio de Janeiro: Record, 2007.

ISBN 978-85-01-01541-9

1. Conto brasileiro. I. Título.

07-0568
CDD – 869.93
CDU – 821.134.3(81)-3

Copyright © 1979 by Dalton Trevisan

Capa: Pintura (detalhe) de Clovis Trouille

Direitos exclusivos desta edição reservados pela
EDITORA RECORD LTDA.
Rua Argentina 171 – Rio de Janeiro, RJ – 20921-380 – Tel.: 2585-2000

Impresso no Brasil

ISBN 978-85-01-01541-9

PEDIDOS PELO REEMBOLSO POSTAL
Caixa Postal 23.052
Rio de Janeiro, RJ – 20922-970

Sumário

O Rei da Terra   7
Minha Querida Madrasta   13
Ai de Você, João   19
Meu Filho, Meu Filho   23
Eis a Primavera   27
Firifífi   31
O Caçador de Virgens   37
O Moço Loiro   41
As Sete Provas da Traição   45
O Segredo do Noivo   49
Cartas a um Jovem Poeta   53
Um Anjo no Inferno   57
No Meio do Caminho   59
Dois Galãs   69
Sôbolos Rios de Babilônia   73
A Noite do Lobo   79
A Borboleta Branca   85
A Grande Fiteira   89

Mãezinha   95
A Lua do Mutante   99
A Sombra de Alexandre   103
O Matador   109
Sonho de Velha   113
Educação Sentimental do Vampiro   117
Conchego de Viúvo   123
O Maior Tarado da Cidade   127
Os Três Irmãos   135
Do Alto das Muralhas de Tróia   143
Fim de Noite   147
A Doce Inimiga   155

O Rei da Terra

E as mulheres nuas do nosso tempo? Ainda há mulheres nuas? Aquelas donas vigaristas, mas fabulosas — Conceições, Belquizes e Valquírias que fim levaram? Falar em Belquizes, onde estão os velhinhos de antanho? Doces velhinhos desfilando nos ricos salões do Clube Curitibano? Hoje no espelho dourado uns alegres rapazes da nossa idade... Com a diferença que a nós enfeita o cabelo grisalho (gargalhada estentórea).

Às vezes me pergunto por que ainda me despreza. Sete anos são passados... O que fiz para merecer ódio tão antigo? Logo ela, de quem mais gostei na vida. Por que até hoje me renega, se tudo esqueci — não me fez beber o vinho da amargura?

Ó fulana mais implicante que já encontrei — uma araponga martelando estridente a quietude dos meus dias. Na própria lua-de-mel a desfazer na minha cabeleira. Culpa não tenho do velocino de ouro negro, inveja de todo cantor de tango, quando havia tango e cantor — o pai dela careca desde os vinte anos. Que a brilhantina manchava a fronha bordada de florinhas. Ora, sem brilhantina o cabelo não assenta. Vaidoso não sou, cuido da aparência. E sabe que manchava o travesseiro?

Eu era alegre, ela protestava: *Ó vampiro de minha alma*. Não fosse marido exemplar, vampiro sem unha nem dente... Minha gargalhada (a mesma do noivo), uma afronta pessoal. Pobre risada de homem gordo, sadia e generosa. *Tua gargalhada é um insulto*. Muita coragem, a tipinha. Não é simples e gostosa risada, que na rua as pessoas se voltam com inveja? Uma família de gente pequena, a mulher plantada em salto alto e chapéu de pluma, o homem, coitado, ainda careca. O pai de capa de chuva no braço, mesmo sem chuva, e apagada a luz do cinema, dobrava a capa, sentava-se nela, espichava o pescoço a entrever a cabeça dos atores. Você ri, ela não achava graça. *Não admito faça pouco da minha família*.

Nunca me perdoou que eu fosse grande, bem provido, gargalhada estrondosa. Roía as unhas porque eu gostava de comer. Não é para isso que o homem casa?

Que comia demais, bebia demais, na família todos sofrem do fígado. Queria ver quem cansava primeiro, ela de falar, eu de beber: esgotei a adega sortida por cinco gerações de biliosos. Que, aos olhos das tias, era santa e mártir. Pensando bem, o mártir fui eu.

Depois de beber, amoroso. Queria carinho, embalar no colo. *Não me despenteie, é um bruto, você me machuca, nossa mãe, que nojo, está bêbado.* Não posso me queixar, bons momentos com a baixinha, loira, olho azul. E rechonchudinha upa lá lá.

O desgosto me dava sede. A bebida deixava lírico. Por um simples beijo fazer de mim uma barata leprosa. Da nossa cama, um cavalo de Tróia. *Tomar banho, seu porco. E dormir na sala.* O banho eu tomo. Na sala de boneca dorme você, nanico não sou. No sofá cabe um anãozinho. Meu banho de sais, na banheira cantarolando um tanguinho — ela marchava para o sofá, o travesseiro debaixo do braço. A cama toda para mim, ouvia lá na sala a sororoca do ódio.

Se ela não teve úlcera? Claro que teve, a úlcera da ruindade, não há o que cure. Eu, infeliz, bebia. E a bebida você não tem força de deixar. Quem dentre os anjos apartou de mim este copo da maior angústia?

Desde o café da manhã uma guerra suja de trincheira. Fui tão impiedoso por que a amava tanto? Aproveitava-se da ressaca para me atormentar: não são a mulher e o sol, ela mais que ele, os grandes inimigos do bêbado? Implacável, furiosa guerreira, só desferia golpe baixo. Argumento mais original, se não respeitava a esposa, honrasse a mãe de minha filha.

Obrigado a me defender. Ela agredia com a brilhantina, a garrafa vazia, a barriga próspera, a gargalhada... Ela falando, eu aparava as unhas, sem querer espirrava uma e outra lasca. *Ai, que nojo...* Com ataque de espumar o canino ectópico. De ruim o que de pequena (por ser tão pequena eu tanto a amei), meu repertório sobre pigmeu o mais rico da cidade. Querida, a do velório do anãozinbo de circo? Do cacto anão, da pigméia, do espirro de gente? No auge da discussão — eu nunca a tinha feito gozar? — o insulto supremo: Sua corruíra nanica!

Três inofensivas palavras podem mais que sete anos? Peluda caranguejeira me mordia a nuca: seu olho de ódio. Dormindo eu escutava o grasnido de fúria em que regougando se afogava. Arranhei a alminha de corruíra até sair sangue... Noite após noite acarinhava a idéia, no estupor da bebedeira me privar da maior valia do homem.

Mais que aflito cuidava de arrumar a mala. Escolhia o hotel: aquele sujeito à janela, em manga de camisa, cultivando seu vaso de violeta. Com a navalha aparando os calos na tarde de sábado. Alisando no ferro de brasa o vinco da calça.

Até o último dia trovejei sobre ela o meu brado retumbante — emasculado não fui pela rainha dos pigmeus. Além da gargalhada, a fulgurante coroa de brilhantina: Querida, não se penteia no espelho de minha cabeleira?

Sumindo com a roupa do corpo: Fique com tudo, sua árvore anã. Desci ao poço da infâmia, mastiguei o pão do desespero, engoli as fezes da solidão. Convivi com o remorso e a dúvida — antes não tivesse bebido, por que cheguei tarde, a culpa toda minha?

Contava as horas com cálices de conhaque. O álcool me salvou dela. Outro poder mais alto para me livrar do álcool. Alguém mais forte do que eu me tirou o copo da mão: encontrei a doce Mariinha.

Não perdi o gosto de uma boa gargalhada — com isso ela não se conforma. Ó corruíra nanica, se a ela tudo perdoei, por que nunca me desculpou? Sete anos passados. Não mereço ódio de tão longos anos. Nossa filha está moça e ela, araponga louca da madrugada, eterna castradora de gigante, casou com outro, pequenininho e careca. Bem me pergunto por que ainda me odeia. Não lhe dei os melhores dias do último rei da terra?

Minha Querida Madrasta

Em memória de Paul Léautaud: À despedida, dona Maria baixou o negro véu sobre o olho pálido:

— Já não posso voltar.

— O inventário ainda não... A senhora tem a mão fria.

— Se eu voltar, doutor... De mim o que quiser.

Bem que voltou, elegante de luva e chapéu. Sujeitos a ser surpreendidos pela secretária, agarram-se aos beijos furiosos. Pedro segura a maçaneta, ela sempre de chapéu e luva põe-se de joelho no tapete.

Após o jantar, o marido na sala dedica-se ao piano, enquanto na cozinha os amantes devoram-se de pé contra a porta, deitados nas cadeiras, um de pé outro inclinado, um sentado outro de joelho. Encerrada a prática diária de uma a duas horas, ao entrar na cozinha o marido já encontra a mesa posta. Os três tomam chá com broinha de fubá mimoso.

Diabético e achacoso, João queda-se no borralho, os dois vão ao cinema. Na sala deserta, ela recusa dar-lhe a mão. Rodeados de gente, não quer senão provocá-lo, os dedos formigantes debaixo da bolsa.

A desculpa do ronco do marido, Maria passou a dormir em quarto separado, onde recebe o amigo:

— Como ronca, o velho porco. Agora nós dois.

João silencia, os dois em suspenso. João ressona, o sinal para continuarem sem susto.

Contra qualquer suspeita, ela o despreza na presença do marido. E nunca o tratou por você, só doutor Pedro.

Depois do chá acompanhou-o até a porta. No corredor, uma só palavra:

— Abra.

Pedro abriu os cinco botões: nuinha sob o roupão.

— Teu beijo tem azedinho de pitanga.

Não só de prazeres vive o amante. Escuta com tédio e irritação as mil penas do marido: dispepsia, insônia (ronca tão alto!), degradação moral.

Uma cadela rabiosa nas discussões:

— Seu velho imprestável. Por que não morre de uma vez?

Se João a desafia, chega a agredi-lo, espirrando sangue do rosto — no risco das unhas a barba já não cresce.

— Nos olhos não — ele choraminga.

Resignado ao inferno doméstico, delicia-se em falar dela ao amigo — a madrasta de todos os maridos, já é o segundo.

Longe de Maria, aliado de Pedro e, na sua presença, o último dos escravos.

— O Fabinho, ele sim, é homem bonito — afirma ela.

— O nosso doutor, não o acha bem-parecido?

— Simpático pode ser. Bonito nunca.

— É que você não tem gosto — e riem-se encantados João e Pedro.

Para justificar as tristezas do amante, insinua dona Maria:

— O doutor tem paixão recolhida.

Dias depois:

— Eu sei quem é a paixão do doutor.

— É você, querida? — pergunta o marido.

"Será que ele desconfia?" — cisma o amante com seus botões.

— Engraçadinho. Ela, a coitada, uma bailarina da noite.

Recusa-se a fugir com Pedro, orgulhosa da posição de dona casada:

— O doutor pensa que sou uma qualquer?

Tão exaltados disputam na presença de João, afinal ele comenta:

— Não os conhecesse, diria que é briga de amante.

— Ai de você, não fosse eu dona honesta.

Pelas costas, em voz baixa, João acusa-a de A Grande Castradora de Maridos:

— Depois que eu morrer quem será o próximo?

Com um suspiro:

— Meu bom Pedro, não case jamais.

Quando ela briga com João (depois de uma batalha foi, chapéu e luva, oferecer-se ao doutor), bem que agrada a Pedro.

— Gosta deste vestido?

— O vestido mais bonito é tua penugem dourada.

Aborrecida de Pedro, reconcilia-se com João ao ponto de, na presença do amante, beijar-lhe a calva brilhosa. Em provocação valsa sozinha ao redor do piano — ainda mais bonita.

Achou na gaveta da escrivaninha um livro de fotos eróticas, insistiu em reproduzir com o amigo todas as posições.

Pedro a beija e mordisca, é empurrado com golpe de joelho:

— Pensa o quê? Ser mordida por um banguela?

Só queria fazer do dente quebrado um instrumento de prazer. À noite, se o velho não ronca, ela permanece fria:

— Sabe que sinto falta?

Na discussão, Pedro derruba-a na cama e, com risco de quebrar o óculo, guloso abocanha um dos seios.

Estremecidos, o amigo afasta-se da casa. Não resiste, vai de tarde e de noite namorar uma certa veneziana verde. Terceiro dia o marido que o procura, arrimando-se na bengala:

— Sem você a casa é ninho de dragões. Não tendo outro, ela briga duas vezes comigo.

Diante da relutância de Pedro:

— Inútil sentir-se culpado. Eu sempre soube.

— Desde quando?

— Me contou tudo. Não só de você. Dos outros.

"Será que ele intriga" — pergunta-se o amante — "para me fazer de cúmplice?"

Reconciliados, Maria volta-se contra o velho:

— Por que não morre? Eu seria tão feliz.

Dia seguinte deu com ele de olho aberto na poltrona (primeira vez dormia sem roncar), caiu de joelho e mão erguida:

— Me perdoe, João. Eu não sabia.

Mais calma — e antes que o desenlace fosse conhecido — exigiu do doutor que se amassem ali no sofá vermelho.

— Melhor do que com ele vivo.

Compõe-se ao pé do defunto, espanta duas ou três moscas e, virando-se para o amante, no sorriso mais feiticeiro:

— Meu bem, já podemos casar.

Ai de Você, João

Ai de você, se não lhe dá atenção, arranca asa de xícara, molha as violetas com água quente, atira a gata e os gatinhos pela janela. Inútil suplicar, por favor, deixe-o em paz. Quer ir à casa da mãe, pode ir. Você fica quietinho no seu canto. Isso é que não. Provoca-o, mais uma discussão. Você escondeu o licor de ovo, a bruxa mistura gengibirra com álcool, bebe a grandes goles. Tortura-o horas a fio noite adentro. Na cama o cobertor é todo para ela e, possessa de sonhos imundos, esperneia, braceja, resmunga — como descansar a seu lado?

Você pensa em refugiar-se no sofá da sala. Ela segue-o, estira-se no chão, nega-se a ir para a cama. É vê-lo ao seu alcance, repete as mil e uma injúrias. Duas da manhã corre debaixo da chuva, em camisola e descalça. Você embrulha-se na capa, lá se vai no seu encalço. Ao voltar, ensopado e aflito, ela bem quentinha no borralho. Onde você foi, Maria? *Aqui eu sempre estive.* Não saiu aos gritos atirar-se debaixo de um caminhão? *Parece louco, meu bem.* Cara pérfida mais inocente. Tem coragem de negar? *Acho que você bebe escondido.*

Humilhado no brio de homem, sacode nos punhos crispados o pescocinho maldito. Não esganá-la, ao menos fazê-la calar. Outra vez você a esmurra, sem querer espirra sangue do nariz. *Ai, não pense que eu perdôo, isso não fica assim — já imaginou quando estiver dormindo? Sem a única valia do homem, que será de você?*

Noite após noite (ao dobrar a esquina já leva um susto: na rua em sossego a casa de janelas abertas e luzes acesas) o mesmo espetáculo de insulto, rangido de dente, palavrão. Enquanto você não vai para o quarto — o campo de batalha por ela preferido —, não se aquieta. E se você não se deita na cama, ela se atira no tapete. Bebe a gengibirra com álcool, persegue-o no sótão, rola no chão, ameaça precipitar-se da janela, antes distribuindo um bilhete a todos os jornais: *O único culpado é o João.*

Nem fale em separação, ai de você, ela se afogará na corda do poço e vestida de noiva incendiará os cabelos molhados de gasolina. Vinte anos a vítima da eterna chantagem: *Se me deixar por outra, eu misturo vidro moído no caldo de feijão, bebo formicida com gasosa de framboesa* — e por que, meu Deus, logo de framboesa? Machuca-se e lhe atribui as feridas; não é você aos olhos da sogra, do padre, da sortista, quem lhe queima o bracinho com a brasa do cigarro?

Bem o acusa de covarde por agredir uma dona indefesa. Durante a cena histérica, ao vê-la estendida no chão, você chama a criadinha para testemunhar o quadro. Mais que depressa ergue-se, a rainha das fingidas: *Deixe a criada de fora. Não envolva uma estranha em nossa intimidade.*

Menos mal que não a engravidou — turbilhão que derruba as folhas do pessegueiro, bate com estrondo as portas e arrasta no pó a roupa do varal, arrebata-o por cinco minutos no tenebroso refúgio da gruta nacarada. Ai de você, João, não é homem para fazer um filho. *Que não tem quem me queira?* Mão para o céu, bem suplica fosse verdade — ah, se alguém (tão louco quanto você) com ela fugisse. Condenado a suportá-la até o último dos dias, você não come, não dorme (o brilho do facão na gaveta da cozinha), só não bebe para não lhe dar o gosto. Entranhas roídas de furor impotente, já sofre de hálito pesteado, unha encravada, caspa na sobrancelha.

Não, João, não pode se queixar. Arruinou-se na desgraça que escolheu, mil vezes prevenido que a tipa. E como acreditar se era, sozinha, as três Marias? Noivinha dos seus sonhos, pernilongo da sua insônia, maldita cama de pregos. De quem o carão medonho no travesseiro esburacado da brasa de cigarro? O seu lado da cama é mancha de pulga, semente de laranja, migalha de bolacha. Olhe bem para ela, a espuma do ódio no dente de ouro. A certeza de que nunca o amou, João, é o único consolo.

Meu Filho, Meu Filho

— Entre, querido.

Estendida a mão fria e úmida. Muito à vontade, de óculo e piteira, no roupão vermelho de seda. Ao lado da porta, oratório colonial iluminado por duas velas negras. Em surdina uma tosse delicada e soluços de agonia.

— Quem geme de paixão como Verdi?

Aflito indaguei pelos convidados.

— Meu anjo, a festa é você.

Ainda bem que engolira três conhaques no bar da esquina.

— Que acha do meu borralho?

O branco tapete de carneiro afundava-se aos meus pés. Na mesa castiçal de velas róseas e pratinho com delícias salgadas.

— Abra a boca e feche os olhos.

Nem beijo nem filtro de amor.

— É caviar, bobinho.

Avancei a mão, ele afastou o prato.

— No castelo sou o escravo do meu pajem.

Livrou-se do lenço de seda, abriu o roupão com sua ave dourada do paraíso — um tufo de cabelos crespos no peito.

— Morrendinho de calor.

Além de me libertar da gravata, soltou um, dois, três botões da camisa.

— Homem que sua eu mais gosto.

No quarto a colcha azul de crochê sobre a cama de casal.

— Custou os olhos de minha mãe. Não ficou linda?

Acima da cabeceira o fabuloso espelho oval.

— Do alto deste espelho o grande rei Davi nos contempla.

No criado-mudo o retrato do velhote feroz inteirinho calvo.

— Em Curitiba todo pai é rei Davi e todo filho, príncipe Absalão.

Afinal abriu a porta do banheiro:

— Sinto muito deixá-lo. O último toque na ceia.

De volta ao quarto, apenas a toalha na cintura, que fim levou o terno azul?

— Experimente o roupão, meu bem.

Preto de bolinhas brancas e, no tapete, um par de pantufas amarelas de astracã — ai de mim, se chegasse a minha noiva?

Já ritual, serviu na boca outra bolacha com caviar. Depois manjares e delicadezas, que mal beliscou. Oferecia os regalos na ponta do garfo, enchendo o cálice de vinho, ora branco ora tinto. Enfim morango com nata e champanha.

— Morango, bem sabe, é a fruta do amor. A você quero dar mais do que eu dou a mim mesmo. Caviar e moranguinho. Vivaldi e narcisos. E na cama gemada com broinha de fubá mimoso.

Verdadeiro Absalão, além da negra cabeladura, pelego no peito, no braço, no dorso da mão.

— Um menino de vinte anos é senhor do mundo. Encontrar você foi cair de joelho. Esse cachinho na testa me fará chorar bem de lágrimas. Ser bonito é estar perdoado de todos os crimes. Mãezinha do céu, nem um cabelo no peito!

De voz rouca, batia com o chinelo no calcanhar: peludo até no dedo do pé.

— Um presentinho para você.

Conduziu-me pela mão, ainda úmida, agora quente.

— Sobre esta colcha azul velaremos o cadáver do rei.

No fundo do espelho um gostosão, entre medroso e divertido, piscou-me o olho. Fugir enquanto era tempo, onde achar a roupa?

Descansou o óculo na mesinha, à sombra do retrato colorido.

— O espelho é para isso, dois de você. O retrato do rei Davi? Que ele, o triste, espie a gente — puxa, tem o rosto em fogo. Contra você o grande rei Davi nada pode. Medo não, bobinho.

Eis a Primavera

João saiu do hospital para morrer em casa — e gritou três meses antes de morrer. Para não gastar, a mulher nem uma vez chamou o médico. Não lhe deu injeção de morfina, a receita azul na gaveta. Ele sonhava com a primavera para sarar do reumatismo, nos dedos amarelos contava os dias.

— Não fosse a umidade do ar... — gemia para o irmão nas compridas horas da noite.

Já não tinha posição na cama: as costas uma ferida só. Paralisado da cintura para baixo, obrava-se sem querer. A filha tapava o nariz com dois dedos e fugia para o quintal:

— Ai, que fedor... Meu Deus, que nojo!

Com a desculpa que não podiam vê-lo sofrer, mulher e filha mal entravam no quarto. O irmão Pedro é que o assistia, aliviando as dores com analgésico, aplicando a sonda, trocando os lençóis. Afofava o travesseiro, suspendia o corpinho tão leve, sentava-o na cama:

— Assim está melhor?

Chorando no sorriso trêmulo:

— Agora a dor se mudou...

Vigiava aflito a janela:

— Quantos dias faltam? Com o sol eu fico bom.

Pele e osso, pescocinho fino, olho queimando de febre lá no fundo. Na evocação do filho morto havia trinta anos:

— Muito engraçado, o camaradinha — e batia fracamente na testa com a mão fechada. — Com um aninho fazia continência. Até hoje não me conformo.

A saudade do camaradinha acordava-lhe duas grandes lágrimas. No espelho da penteadeira surpreendia o vulto esquivo da filha.

— Essa menina nunca me deu um copo d'água.

Quando o irmão se levantava:

— Fique mais um pouco.

Ali da porta a sua querida Maria:

— Um egoísta. Não deixa os outros descansar.

Ao parente que sugeriu uma injeção para os gritos:

— Não sabe que tem aquela doença? Desenganado três vezes. Nada a fazer.

Na ausência do cunhado, esqueciam-no lá no quarto, mulher e filha muito distraídas. Horas depois, quando a dona abria a porta, com o dedo no nariz:

— É que eu me apurei — ele se desculpava, envergonhado. — Doente não merece viver.

A filha, essa, de longe sempre se abanando:

— Ai, como fede!

Terceiro mês o irmão passou a dormir no quarto. Ao lavar-lhe a dentadura, boquinha murcha, não era o retrato da mãe defunta? Nem podia sorver o café.

— Só de ruim que não engole — resmungava a mulher.

Negou-lhe a morfina até o último dia: ele morre, a família fica. Tingiu de preto o vestido mais velho, o enterro seria de terceira.

Ao pé da janela, uma corruíra trinava alegrinha na boca do dia e, a doçura do canto, ele cochilava meia hora bem pequena. Batia a eterna continência, balbuciava no delírio:

— Com quem eu briguei?

— Me conte, meu velho.

— Com Deus — e agitou a mãozinha descarnada. — Tanto não devia judiar de mim.

Fechando os olhos, sentiu a folha que bulia na laranjeira, o pé furtivo do cachorro na calçada, o pingo da torneira no zinco da cozinha — e o alarido no peito de rua barulhenta às seis da tarde. Se a mulher costurava na sala, ele ouvia os furos da agulha no pano.

— Muito acabadinho, o pobre? — lá fora uma vizinha indagava da outra.

Na última noite cochichou ao irmão:

— Depois que eu... Não deixe que ela me beije!

Ainda uma vez a continência do camaradinha, olho branco em busca da luz perdida. O irmão enxugava-lhe na testa o suor da agonia.

Mais tarde a mulher abriu a janela para arejar o quarto.

— Eis o sol, meu velho — e o irmão bateu as pálpebras, ofuscado.

Era o primeiro dia de primavera.

Firififi

A menina ganha uma cachorrinha e, tão emocionada, três dias esquece de roer a unha. É pequinesa, o perfil uma linha reta da testa ao queixinho, olho bem negro.

De volta do colégio, não entra sem que a Fifi lhe beije a mão. O regresso da filha pródiga, cheira o seu sapato até descobrir por quais caminhos andou perdida. Se a menina finge não vê-la, pisa-lhe de mansinho o calcanhar. Se não a agrada, corre a trazer-lhe bolinha de borracha.

Duas vezes por dia a cozinheira, assistida pela menina, serve-lhe tigelinha de água e pratinho de carne picada com arroz. Por mais faminta, espera o convite da amiga: *A mesa é servida, dona Chiquinha.* Estremece a orelha, lambe-se distraída e ao novo apelo — *Hum, papinha boa!* — dá passinho de melindrosa com salto alto. Não gosta do tempero, lambisca, espalha o arroz pelo soalho. Enxuga no tapete os finíssimos bigodes de filha de Fu Manchu, insensível ao protesto da dona da casa. Satisfeita, espicha-se inteirinha, exibindo as tetas rosadas. Enrola-se até morder o rabo e, perdendo o equilíbrio, descreve a malandrinha uma gostosa cambalhota.

Ostenta habilidade, que é o orgulho da família: apanha e traz a bola atirada pela amiguinha. Além do que, senta-se e cumprimenta com a perninha dianteira, se é para ganhar vintém. A criada cortando a carne, nem carece mandar: firmada no traseiro planta-se de pé, com a mãozinha erguida, a grande pidona.

Deitam-se as duas amiguinhas no tapete, olho no olho, em longa conversa que só elas entendem. A menina vem com a novidade: *O nome não é Fifi. É Firififi ou Chiquinha do Maranhão*. Quem lhe contou, dona especula? *Ora, mãezinha, foi ela. Sabe o que disse? Tão feliz de fita vermelha no pescoço!*

Na íris preta de jabuticaba sempre uma janelinha luminosa. Refestela-se, estendida até a ponta ondulada da cauda. Cabeça entre as patas, morde um tantinho enxuto da língua. Chupar bala não pode a menina, ouve o crepitar do papel e, as bichas assanhadas, escorre do queixinho um fio de espuma na barbicha branca.

Se a menina a encara, monstrinho de timidez, desvia o olho. Se lhe fala, simula interesse no vôo quebrado da mosca, lambe no soalho a formiga de trouxa no ombro. Cheira os cantos — passinho mais leve que a gota de chuva na vidraça —, descontente com a limpeza debaixo do armário. No quintal nada acontece que não saiba e, dela o jardim, enxota a borboleta, persegue o tico-tico rebolando no pó.

Com a aparição da menina (uma longa hora de espera, carinha virada para o portão, sofrendo a sede e o apuro de ir lá fora), lança-se a Fifi a toda fúria, arranha as unhas no soalho encerado, escorrega aos tombos pelo patamar. Em vez de ir ao encontro da outra, corre aos ganidos lancinantes por entre os canteiros, destruindo malvas, lírios e bocas-de-leão, gira doidamente na vã tentativa de morder o rabo, como se não visse ali a dona dos seus arroubos que, deslumbrada, bate palmas a tão gloriosa explosão de felicidade.

Abriga-se à sombra da cadeira, não vá um sapatão esmagá-la — de quem esse rabinho de fora? Derruba a cozinheira uma panela, Fifi tapa as orelhas de susto e reprovação. Olho fechado, agita-se à mais furtiva bulha: o grito do cacho azul de glicínia ao arrepio da brisa. No aquário o peixinho vermelho, ao espiá-la ressonando a sesta, abre com estrondo o bico à flor da água... só para a Fifi arregalar um olho intrigada. Enfrenta o terrível tanque de guerra chamado besouro. E desmaia com trovão, bombinha, foguete — trêmula debaixo da poltrona, um palmo de língua medrosa.

O visitante bate palmas — antes de todos sai a latir pelo corredor. Ao segurá-la no colo, a menina sente o seu coraçãozinho: tão forte que bate, sacode o pequeno corpo. Intromete-se na conversa e, desfilando no longo casaco dourado, rebola as ancas rechonchudas. Gemidos escandalosos quando chega uma criança: *Deixa eu pegar no colo. Só um pouquinho. Venha com a titia!*

Convida a menina para brincar, joga a bolinha com um piparote. Arremete no seu encalço e, abanando o rabinho, a oferece de volta. Tanta correria dá sede, molha os bigodes, estira-se ofegante no tapete, entre as mãos a doce carinha vazia de nariz. Suspira fundo, expõe as graças secretas de flor peluda com rabo. Acorda esfaimada, lambe o prato, afasta-o com o focinho atrás de migalhas.

Vaidosa, não lhe cortem as longas unhas. Assim que a menina segura a pata, ela puxa o dedinho — interrompe a brincadeira, enfia-se corredor fora e, com suprema finura, faz dois pipis na grama.

Deitada ao lado, a menina se vê nos dois espelhos negros. Nome carinhoso inventado na hora: *Firififi, dona Chiquinha, Gudigudi*. Ternura feroz, aperta a orelha tão comprida. A pessoinha forceja por libertar-se, geme dolorosa, babuja o amor cruel com a língua bem áspera. A menina coça-lhe a nuca e, rolando de costas, desnuda as oito tetinhas róseas.

Se uma senta, a outra deita, se uma levanta, eu também, uma o rabinho marrom da outra. Até no banheiro segue a menina, arranha a porta e, se não é aberta, geme baixinho. Ao descer a escada, unha muito comprida, escorrega aos gritos até o patamar.

Espremida debaixo do sofá, disfarçada no quinto pé da cadeira, de costas no tapete, sempre a carinha voltada para a menina. Vigia por entre a pálpebra sonolenta, a cada gesto um tremelique da orelha dobrada no chão. Basta palavra ou aceno, arregaça o branco do olho, lambe agradecida o focinho e — a língua se enrola apenas para cima — no queixinho a baba de sua muda adoração.

Tem o seu relógio, conhece o passo da guria: atira-se aos trambolhões, primeira a dar-lhe dois beijinhos. Espreita de relance o mundo pela porta: barulhenta motocicleta vermelha, um potro malacara, trinca de meninos selvagens e — ó Jesus Maria José! — o cachorrinho tão bonitinho faz do seu coração um pássaro saltitante na gaiola. Cheirá-lo com o focinho, palpá-lo com a unha recurva... Inteirinho branco, ficou de amor cativa. Fecha-se a porta, apagada a visão do paraíso e a Fifi, revirando o olho, com um suspiro:

— Me acuda, mãezinha. Ter um ataque. Ai, que eu morro...

Só entende a amiga que, na maior aflição, esfrega-lhe a mãozinha gelada.

O Caçador de Virgens

A mãe do menino conversa com a tia da menina sobre uma torta de moranguinho. Eis o menino que brinca com a menina debaixo do pessegueiro em flor. Quando a mãe chama o filho, a menininha já não é virgem. Aos gritos, a tia queixou-se ao delegado — Josias era menor, o processo foi esquecido.

Basta ser prima dele para ser mal falada. Pega a criança no colo ou ergue o garotinho na garupa, uma aflição geral das visitas. Das três filhas da vizinha desfrutou duas, uma ali de pé na janela, sem interromper o diálogo com a gorda senhora lá fora, sob o caramanchão de glicínia.

No bolso, entre cartões pornográficos, um tubo de pasta dental verde é instrumento afrodisíaco. Senta-se no cinema ao lado da dona casada e, apagada a luz, acaricia-lhe o bracinho, excitado pela presença do marido, sem que a pobre senhora, trêmula de susto, se atreva a denunciá-lo. Na varanda do bangalô azul abusou da rainha do nosso clube literário, na própria noite da coroação. Uma de suas vítimas bebeu creolina com gengibirra, outra misturou vidro moído no caldo de feijão.

Aborrece as mulheres feitas, que por ele suspiram na janela e lhe escrevem bilhete apaixonado. Moreno pálido, asmático, pinta de beleza no pescoço, apresenta-se duas da tarde à futura sogra, delicia-se com o chá e a broinha de fubá mimoso. Furiosamente assedia a donzela com flores, bombom recheado de licor, sonetinho de amor.

Noivo uma, duas, três, não sei quantas vezes, com pedido oficial, troca de aliança, convite em letra dourada. Se a menininha não se entrega, usa dela com a maior violência. Os pais diante da televisão na sala ao lado com a porta aberta, capaz de a despir inteirinha no sofá vermelho de veludo, possuí-la sem dor. Ainda carrega no bolso a calcinha rendada, de que faz coleção e exibe aos amigos no café.

Telefona para a mocinha (dos treze aos quinze anos todas em perigo) e, tão assustada, ela não desliga, ouve até o fim, sem coragem de sair à rua. Espiona debaixo da cama, revista o guarda-roupa, descobre o seu olho estrábico no espelho da penteadeira.

Meia-noite a seresta com violão para uma freirinha na grade do convento — única maior de quinze anos, a novidade das sete saias negras. Uma semana depois, surpreendida aos beijos com nosso herói. Excomungada, foge no trem noturno. Bulindo no pescoço as medalhinhas, Josias vangloria-se que foi ele o seduzido.

No baile, se convida uma garota para dançar, a mãe já quer ir para casa. Arrebata na valsa da loucura a pobre vítima, que treme só e desgarrada. Segue-se o chorrilho de imundice, palavrão, gemido obsceno ao telefone. O sorriso fagueiro, bate palmas na varanda, insinua-se de fala mansa com a suposta sogra. Não se abandona a menina? Já lhe derrama querosene no vestido e acende um fósforo... Antes corre para a janela, ofegante no medonho acesso de asma. Convoca-a para secreta cerimônia no fundo da noite — e, tanto pavor, na hora exata a mocinha acorda com um grito. A mãe lhe dá água com açúcar e nunca mais há de dormir.

Saciado, precipita-se sobre a nova presa. Uma oferece denúncia, outra namora a morte com gasosa de limão e formicida. Todas sonham com a sua volta.

De repente casa com menina feinha e muito boba. Ganha do sogro um carro esporte, multiplica as conquistas. A mulherinha grávida borda na camisa de seda o seu monograma com fio prateado.

Casou, sim, mudou de vida não. Óculo escuro para esconder o olho fosforescente, só quer caçar donzela, jogar pôquer, bancar briga de galo. Com o retratinho da mãe na carteira:

— Esta a minha verdadeira noiva.

Ela conhece a perfídia das falsas virgens. Menino tão puro, perseguem-no as cadelas. Inclusive a filha do sargento, de trança loira e uma perna mais curta — o defeito que o excitava? Primeira tarde que ficaram sós, ele a violou sobre a toalha xadrez na mesa da cozinha. De volta do cinema o sargento jurou castrá-lo e rondou bêbado a casa.

Das tortas de moranguinho, a mãe engorda quinze quilos. O pai sofre um derrame no banheiro, entrevado na cadeira de roda. Josias que é feliz no seu carrinho vermelho. Única tristeza a calvície precoce, não o consolam as longas costeletas.

O Moço Loiro

Não a recebo de volta. O desdouro não é para mim. Nem vestida de vermelho quero essa mulher. Coragem, a pérfida, de roubar o nosso filho — sei que foi atrás do moço loiro.

Só eu sei que ela queria resistir, como podia? Perdida por homem com cabelo no peito. Do tal doutor os cabelos crespos saltavam do colarinho, enroscavam-se pelo nó da gravata. *Não posso nem ver esse doutor. Não deixe o doutor perto de mim. Tem olho verde de gato ladrão.*

Mal de mim, um grande roncador. Nove anos a pobrezinha sofreu o ronco, me pediu que dormisse no sofá da sala. Queixa-se de calor, abana-se com falta de ar. Ela que é tão limpinha, minha filha, parece que não se lavou. *Então eu me lavo e você me suja?* Trabalhadeira sempre foi, eis que arrasta os chinelos até o sofá vermelho, esquecida do filho com febre, pezinho barrento no lençol. Dia seguinte renasce da espuma.

Desfila nua e de salto alto no espelho da penteadeira. Tinge de loiro o cabelo. Maria, sozinha, ela é as três graças.

Mulher humilde, isso é. Uma bela mulher. Se nunca tive queixa, vez por outra a gente discutia. *Por que fala assim, querido?* Não sabe, é, sua fingida? *Grávida, com barriga, acha que o doutor se interessava?* Ah, grande fiteira, aquela barriga mais linda.

De mim não cuidou direito. Nunca me amou. Só teve pena. Puxa, se não é amor. Tão grande nossa intimidade, ela doente, as vergonhas eu banhava. Imagine só, lavar as belezas escondidas. A culpa eu sei que é minha. Arrependido, tenho rezado muito. Levou o filho e as economias de nove anos guardadas na segunda gaveta da cômoda. Meu grande erro dizer: Pode ir, dona Maria. E ela bem que foi. O que eu tinha de provocar?

O doutor me garantiu: ela me procurou. Quis demais. Não só com ele. Parece que mais dois. Um é certo que o doutor. Outro foi o José. Com parte de contraparente. Terceiro, o tal moço loiro. Na vista do filho ali na colcha azul de crochê.

De repente suor frio na testa. Dois corações que se atropelam no peito. O médico falou em pressão alta.

Uma dor que nasce aqui e formiga o braço. Nada de pressão alta, um bobo esse doutor: sem ela não posso. Mal abro o guarda-comida, as patinhas ligeiras de uma barata no papel verde da prateleira — é a saudade.

Tive os meus casos: as outras podem ser obedientes, muito amorosas. Nem uma tem a alegria dessa pobre. Tão fácil você dizer — ir para longe e esquecer. Da Maria é que não esqueço. Sem ela o meu coração é figo podre e fervilhante de bichos. Dela eu aceito tudo. Ela é tudo o que tenho de meu — o pão da minha mesa, a água do meu copo. O grande culpado sou eu. Dou tudo para ela voltar. Conte para a Maria, um grande favor. O moço loiro eu sei que é você. Ela pode ter quantos homens, desde que volte para mim.

As Sete Provas da Traição

Maria esfrega roupa no tanque. João que a chama para o quarto e fecha a porta:

— É certo o que eu pensava?

— O que, meu velho?

— Ditinho não é meu filho.

— Filho de quem ele é?

O bastardo de André, vinte anos passados.

— Era muito faceira, sua cadela.

Judiada, a pobre, um farrapo de velha. Cinco da manhã pula da cama, o dia no tanque e no fogão, um filho cada dois anos.

— Logo do André, sempre tive ódio.

— Não esqueça que tenho prova.

— Parece louco, João. Desde que a Sinhana se finou... Qual é a prova?

Finada a mãe Sinhana, amoroso, gemia as dores da saudade.

— Casar com ele tua irmã não quis.

— Nossa, João. Minha irmã não gostava dele.

— Na noite em que fui sozinho ao baile, o que você disse para o André?

— Que foi que eu disse?

— *Ele dança lá fora. Nós dois* — ah, bandida — *aqui dentro.*

— Quem te contou o que eu nunca disse? Quer saber, não é? Foram eles.

— Eles quem?

— Os espíritos.

Se Maria duvidasse, ele a apresentaria aos espíritos da tenda divina.

— Lá sou boba de ir.

O braço roxo de beliscão, agora a sacudia pelo cabelo grisalho:

— Fazendo pouco dos espíritos, sua diaba?

— Só não me mate, João. Se acha que eu disse, então eu disse.

Doida de falar assim, nunca mais a deixou em paz:

— Teu parceiro comprou um carrinho azul. Esperando na esquina.

— Nunca eu saí sozinha.

— Saiu uma vez com a Rosa. Deixou o anjinho lá no banco da catedral. Foi para os braços do teu macho.

Queixou-se da famosa dor de cabeça, recebeu passe no terreiro, o pai-de-santo receitava chá de alecrim. Ela ferveu o chá e aplicou na testa rodelas de batata crua. Depressa ele arrancou o lenço, que exibiu em triunfo aos oito filhos:

— A prova aqui no lenço.

Tão grande a confusão na família, que a menina de sete aninhos só dormia com luz acesa.

Mão na cabeça, sofrendo a maldita enxaqueca, João fechava-se no quarto escuro.

— Um chazinho, meu velho? O que você tem?

— Tenho que fez feitiço contra mim.

O filho mais velho comentou para o Ditinho:

— Nosso pai, o pobre, malucando.

João escutou e bateu nos dois de fivela. Os espíritos revelaram que tinha areia no rim.

De repente na porta da cozinha:

— Por que não deixou a Rosa lá em casa aquela noite?

— A Rosa aquela noite não podia. Pior da erisipela.

— Quer mais dinheiro? Por que não pede para o teu querido?

O querido André vinte anos que ela não via.

— Ditinho não me respeita. Pudera, não é meu filho.

Meio da noite senta-se na cama, acende a luz, sacode a velha adormecida:

— É a cara do André. Essa a maior prova.

Logo o Ditinho, o mais parecido com o pai.

O Segredo do Noivo

No baile Maria conheceu o moço, que começou a freqüentar a casa. O casamento tratado para o primeiro sábado de março. Um dia antes, João martelava cedo na arrumação do paiol. Chamou a moça para a sombra da varanda e brincava com o punhal de picar fumo.

— Tanto gasto e não quero mais casar.

Surpresa, a moça bem quieta.

Desde menino sofria de um defeito físico. Na maior aflição, bebeu sangue, fumou charuto, cuspiu olho de sapo. Fossem até o potreiro, que ela mesma visse. Muito vermelhinha, Deus o livre, a mãe não deixaria.

— Desmanchar o noivado.

— Não é nada, João — pegou-lhe docemente na mão. — A gente se acerta.

Medo que se espalhasse a notícia de sua fraqueza: ele casa e a mulher de quem é? O mais triste que sem ela não podia viver.

— Comigo, João, você sara.

Na sortista, que lhe doía a cabeça e esquecia das coisas. Do baralho espirrou figura de espadas — a morte no prazo de três dias.

— Se a gente, Maria, lá no potreiro?

— Credo, João. Quero ir de branco. Imagine se a mãe...

Logo dona Mariquinha que fazia tanto gosto na festa com foguete, gaiteiro, barril de chope.

— Se não é minha, de mais ninguém.

Lá de dentro a velha bradou pela mocinha e, perdido, ele estalava o nó dos dedos.

Não dormiu aquela noite. A família ouviu que João andava pelo quarto. Três tentativas ele fez, nem uma deu certo: prendeu um fio no teto, amarrou na ponta o lápis vermelho, com a força do pensamento queria girá-lo. Sem piscar o olho não apagou a vela. A terceira muito triste para contar.

De manhã não conseguiu dar o laço na gravata. Foi a moça que lhe ajeitou a gravata azul de bolinha — ela soube que o amava para sempre. Na igreja, antes de João responder, o padre perguntou duas vezes. No juiz de paz não quis assinar o registro, mal desenhava o nome quando nervoso.

— Tem que deixar o dedo no livro — insistiu o escrivão.

O grande polegar no canto da folha. Ao receber os parabéns:

— Seja feliz você. Eu não sou — disse a um dos convidados.

A outro que indagou da lua-de-mel acudiu que seria na curva do morro — lá não era o cemitério?

O cortejo atravessou a rua para uma pose no retratista. Na hora de bater a chapa, João largou a mão da noiva:

— Do diabo ninguém vê a cara!

Com as mulheres esperando ao sol da praça, ofereceu um brinde aos homens no botequim. Bebeu de um trago e bateu o copo no balcão:

— Quem falou de mim...

— Que é isto, João?

— ... eu ergo na faca!

Todos achavam graça na confusão do noivo, o que mais o enfurecia. No carro não deu uma palavra com a moça, que lhe enxugava na luva de crochê o suor frio da mão.

No paiol enfeitado de folhas de coqueiro todos em redor da mesa festiva. A moça cortava a carne branca no prato do noivo. Foi obrigado a engolir, para não desfeitear a sogra. A noiva, essa, repetiu o lombinho com torresmo e farofa. Tão alegrinha, pediu um cigarro — primeira vez que fumava!

Acendeu para ela o cigarro. Acabou o copo de cerveja. Abriu o paletó azul. Cravou o punhal de cima para baixo no coração da moça, ainda de véu e grinalda: como quem sangra um porco. Ao arrancá-lo esguichou sangue na toalha xadrez.

O padrinho ao lado ouviu três gemidos feios:

— Ai, o que o João me fez!

Sem largar o punhal fugia aos trambolhões, derrubando as cadeiras.

— Pegue esse bandido aí!

Aos gritos em perseguição do bandido, que desapareceu na sombra do bosque. A madrinha sustentou a moça, ali no vestido a rosa vermelha se despetalava:

— Acuda a noiva esfaqueada!

Esmorecida, vertia sangue do peito, já não falava. Foi deitada no banco, a madrinha segurou-lhe a cabeça no colo. Alguém punha uma vela na mão. As mulheres começaram a rezar. Era tarde: não bulia a pálpebra. Suspirava cada vez mais fraco. No olho aberto duas lágrimas azuis.

Cartas a um Jovem Poeta

Na penumbra do bar o vulto encolhido no canto.

— Flor-de-lis, se não me engano?

Solicitara entrevista e, voz mais doce, aceitei ler os versos.

— Não sabe o senhor tão emocionada.

— Não me chame senhor.

Aninhada na sombra, blusinha vermelha ao ombro. Entre o martíni doce e o uísque, o volumoso caderno de poesia, um cromo florido na capa.

— Quem me dera fosse poetisa.

Tudo para ser talentosa: feinha, sem graça nem prenda, idade incerta.

— Me lembra corruíra de asinha quebrada.

Era frase feliz, ela não aplaudiu.

— Não sei por que tremendo...

Levou ao sorriso pálido um cigarro, que me apressei em acender: magro dedo amarelo, unha roída até o sabugo.

— Sou um monstro, minha flor? Só escrevi dois sonetos de sucesso.

— Os seus versos eu sei de cor.

Não agradeci, ai de mim, famoso poetinha por quem se deslumbra dona gorda, viúva patusca, menina feia.

— Vejamos os seus poemas.

Estendi a mão para o caderno, que ela foi defender. Na confusão escorregou a blusa do ombro... Oh, não! Vazia a manga esquerda, fechada por alfinete dourado.

Sorvi dois grandes goles. Ela compôs a blusa:

— Não precisa ter dó.

— Desculpe a frase da corruíra.

— Foi acidente. Uma simples tesourinha. Arruinou o pequeno corte. A gangrena pelo dedo.

Mais um martíni para ela, outro uísque para mim.

— Sou boa datilógrafa. Com uma só mão.

— Da tua dor faze um poema.

— Que lindo pensamento!

— Do velho Goethe.

— Agora sabe por que nervosa. Esperava moça bonita. Olhe para mim: feia, infeliz. E aleijada.

Não era tão feia nem tão infeliz. Menos importância do que — a mim, certo, nenhuma diferença.

— Já conformada. Me olhe com pena, desprezo, até nojo.

No escuro o cacho de uva negra ou morcego adormecido no galho?

— A grande poesia nasce do sofrimento, não é a lição de Rilke?

Acendeu um cigarro no outro. Engoliu o martíni. Roeu nesga de unha. Encarou-me no fundo do óculo:

— Coragem de amar uma aleijada?

Não éramos todos estropiados, um de corpo, outro de alma? Ó pomposo fazedor de frases, maldito ídolo da poetisa maneta. Mais três uísques, mais três martínis, o velho Rilke, soneto inteirinho de Camões. Só não abri o caderno de capa florida.

De pé, ao ajudá-la com um arrepio a cobrir a asinha de corruíra, podia imaginar que, meia hora mais tarde, soluçando no meu peito, entre beijos famintos, ela me espetava o toquinho de braço no êxtase da paixão?

Um Anjo no Inferno

Pai, eu que esperava um bom casamento, aqui só tenho tristeza. Saí do céu e entrei no inferno. O João por demais sovina, trabalho de manhã à noite. Domingo fico em casa, é a mesma coisa que um ranchinho, nem forro não tem. Broinha de fubá mimoso nunca mais, só virado bem cedo e ir para a roça.

Sabe, pai, minha vida só lágrima. De joelho eu peço, me acuda nesta agonia. Vergonha uma filha sua aqui no rancho, tem um fogão que é só fumaça. Bem me arrependo ter casado, tão triste espero a morte.

Fui tão iludida. A casa é do cunhado José mais o rancho e a vaquinha. Sou uma agregada? Pai, amor de Deus, salve a pobre de mim. Que a mãe arrume as mãos para o céu. Não posso lavar roupa, sem cocho nem tanque. Devo esfregar na bacia, ainda tiro água do poço de vinte metros, o balde é muito pesado.

Ai, pai, que desgosto ter casado. Sinto porque a mãe queria o primo André. Caí direitinho no inferno.

No trabalho o João é um patrão, onde ele está a escrava juntinho na enxada. Isto é vida?

Se é pecado não sei, sonho com o primo André. Paizinho, o João quer ficar aqui. O José está devendo e não paga. Birrento o João deu aqui nesta vargem. Boba de quem casa tão mocinha. O primo André ainda pergunta por mim?

Uma caneca de asa quebrada, fui esquecida no canto. Carece que o pai receba a triste de sua filha. Estou demais aflita. Meu pai, devo limpar o penico do José? Daí eu ficava no sítio, não tinha noivado. Esta precisão não tenho. Ainda se fosse casa, um rancho pior que existe no mundo.

No Meio do Caminho

Aos quarenta anos, basta que não chova e você acorde sem achaque para não ser infeliz. João era infeliz: além da enxaqueca (saudade da mulher e do filho), chovia em Curitiba. Para não molhar os pés, correição de formiga ruiva subia na parede, os pardais catavam migalha no degrau da porta.

No restaurante pediu bife sangrento com aspargo. O infame garçom trouxe-o com milho verde e, cabeça baixa, bebeu uma garrafa de vinho. Exigiu moranguinho com nata, licor, café e charuto. Nova capa impermeável, entre ferozes baforadas a andar na chuva. Nunca mais acabaria de chover — no rio Belém tantos afogados, a cabeça de um encostava no pé do outro.

Meio do caminho, perdido numa rua escura: a mocinha que se esgueirava no vão das portas. Desviando a poça, ela sorriu.

— Se molhando, minha filha?

Capa vermelha e calça comprida azul.

— Onde vai tão sozinha?

— Para casa.

Um senhor casado, carente de conchego, não voltaria para o borralho frio. Se fossem os dois beber e dançar? Era família, a moça, não freqüentava inferninho:

— Que tal o meu apartamento?

Defendendo-a da chuva, enlaçou a fina cintura, o cabelo de ponta molhada fez-lhe cócega no nariz. Assobiou para um táxi. Na esquina, a moça se forneceu de pãozinho, queijo, presunto, azeitona preta. João sentia-se generoso, mais bombom recheado de licor.

— Ai, amor, não posso engordar.

Louquinha por champanha.

— Uísque para mim.

— Que pena. Gelo não tenho.

Duas garrafas do champanha bem gelado.

— Doce basta você.

Aninhada no banco do táxi, um gritinho, requebrou a mão, virou o grande olho. Suspeitoso, recuou a cabeça: gesto feminino ou triste imitação? Ao clarão fugidio, observou-a de perto. Envolveu-o nos braços e beijou-o na boca: rosto bem lisinho. Explorou a cabeleira farta, de cachinhos negros.

— Não quer mesmo dançar?
— E nosso piquenique à luz de velas? Juro que não se arrepende.

Voz rouca, baixa e quente. Enfiou a mão debaixo da blusa de malha preta.

— Pode pegar, amor. Sem sutiã.

Pegou e apalpou: seio de verdade, um e dois, empinadinho. Apertou, ela gemeu, trêmula nos seus braços. Avançou a mão pela coxa, a mão cheia de olhos.

— Aqui não, bem — e retraiu-se, prendendo o dedinho. — Olhe o chofer.

Diante do velho casarão o táxi parou. Ela desceu com o farnel, João com as duas garrafas. A moça abriu o portãozinho de madeira, seguiu-a pelo corredor assombrado.

— Instantinho só, amor — e adiantou-se, encostando a porta.

João esfregava os pés no capacho. Escutou vozes abafadas. Outra porta que batia.

— Entre, meu bem. Desculpe a demora.

— Quem era?

— Uma amiguinha. Costurando.

O apartamento era pobre quartinho: cama de casal, guarda-roupa, máquina de costura de pedal, duas cadeiras. Do fio manchado de mosca pendia ofuscante uma lâmpada nua.

— Meu nome é Zaíra, amor.

Última baforada do charuto, deu um nome qualquer, desarrolhou a garrafa. A moça abriu o guarda-roupa, alcançou duas taças, esfregando as bordas com lenço de papel. João bebeu uma, duas, três taças. Ela molhou o lábio muito pintado. Agarrou-a, pardal faminto na chuva.

— Espere, meu bem. Não quer cear?

— Jantei agorinha.

Ela estendeu as capas sobre uma cadeira.

— Muito forte essa luz?

Da caixinha redonda de sabonete retirou pequena lâmpada, descalçou o sapatinho, subiu na cama. O quarto se desvaneceu em penumbra lilás. Diante do espelho do guarda-roupa sem a calça de veludo, agora de biquíni escarlate. Mão no quadril, exibiu-se de frente e de costas.

Ele jogou na cadeira o paletó de camurça.

— Tire a blusa.

Seio redondo, duro, durinho. João livrou-se da cueca, ficou de meia. Beijou-a de pé, ela titilou a língua. Sem interromper o beijo, sentaram-se na cama. Ainda se defendia da terceira mão. Zaíra afastou a deliciosa cabecinha azul.

— Meu bem, uma confissão. É um senhor educado. Entenderá o meu drama.

Cada vez mais rouca.

— Já sei, minha filha. É taradinha. Somos dois.

— Um segredinho — escandindo a palavra com beijos molhados. — Não sou como as outras.

Sem prestar atenção mordiscava o peitinho:

— Por que não avisou?

— Espere, amor — de leve as unhas pela nuca. — Deixa eu. Problema é outro.

— Diga, minha filha.

Ergueu-lhe a cabeça. Encarou-o dentro do olho. A língua inteira rolou na orelha:

— É que sou an-dró-gi-na.

Deu um salto. Sentou-se na beira da cama. Encheu duas taças. Bebeu aflito.

— Comigo não. Poxa, confusão é essa?

Observou a porta ao lado do guarda-roupa: golpe do suadouro?

— Essa não, poxa. Uma bicha louca, poxa. Beijei, poxa, uma bicha?

Cuspiu no tapete xadrez.

— Ai, bem. Não fale assim, bem. Deus do céu que não sou. Mais horror de bicha do que eu. Sou... uma flor andrógina.

— Ah, é? Quero ver.

— Tudo menos isso. E a vergonha?

João bebeu uma taça depois de outra.

— Sou advogado. Em mim pode confiar.

— Advogado eu tenho. Já requeri ao juiz. Só uma pequena operação.

Sem calça, ele vestiu o paletó. Caminhou de meia preta até a janela. Espiou o pátio afogado pelo dilúvio: a cortina de contas da chuva em todas as janelas. No seu jardim o tronco da palmeira (mais que chovesse um lado sempre enxuto) invadido de tatuzinhos. Penosamente o escalavam para salvar-se da inundação, dois e três se despencavam na água — ele ouvia os brados de socorro.

— Qual é o nome?

— Zaíra.

— Na certidão. O outro?

O drama desde pequeno, desde pequena. Bicho mais perverso é a criança. Perseguida pelos cantos, atrás da porta, debaixo da mesa. Uma tarde — e tarde de gritos aquela! — violada por todos os meninos da rua. Desgraça da família, que se mudou para Curitiba. O pai violento e, tão estranho, maestro da bandinha. O irmão infernizou-lhe os dias. A mãe morta de desgosto. Um protetor, casado, pai de filhos. Gostava mais dela que da própria mulher.

— O nome de batismo é Jorge. Desde mocinha eu sonho com a operação.

De costas para ele, a coisa falava. Deslumbrada com a imagem, uma perna estendida, outra dobrada, sacudia o peitinho.

— Me achando bonita?

Toda sorriso no espelho.

— Tristinho o meu bem. Seja bobo. Sou melhor que mulher.

João abriu outra garrafa. Bebeu três taças. Do guarda-roupa a criatura separou revista ilustrada.

— Caso famoso. Igualzinho.

Apresentou-lhe um papel dobrado.

— O atestado do médico.

Sentou-se na cama, com a luzinha mortiça quem podia ler? Fechou os olhos na maior tristeza: Só a mim que acontece. Todos os bastardos desta maldita cidade — e só a mim. Lingüinha de fogo trabalhava na orelha, descia pelo pescoço, beliscava o cabelo do peito.

— Está bem aqui, amor?

Mais violenta a chuva desabou lá fora. Desolado, cotovelo no joelho, mão na cabeça — saudoso da mulher até gemeu.

— Ai, querido, como é forte — a coisa livrou-o do paletó. — Tanto eu sofri — e desabotoava a camisa. — Não se arrepende.

Abriu os braços e, crucificado de delícias, deixou que a criatura.

Já enfiava a calça, a camisa, o sapato.

— Loucura, meu bem. Essa chuva. Espere. Já passa. Nosso piquenique?

— Essa chuva nunca mais.

Bebeu no gargalo até afogar o engulho. Sem se despedir, abriu a porta e precipitou-se na noite. Na esquina, ensopado, lembrou-se da capa nova. Tornou, e antes de bater, escutou risos e gritinhos de prazer. Ao clarão da lâmpada amarela, um tipo com enorme sanduíche na mão.

— Olhe aí o teu homem — e o tipinho deu-lhe as costas com desprezo.

O tempo todo atrás da porta, frestando pelo buraco da fechadura?

A criatura surgiu no fabuloso quimono de pluma, renda, babado:

— Esqueceu, amor? — com um sorriso ofereceu a capa. — Volte, querido.

Ele fechou o portão e, debruçada na janela, Zaíra acenou adeus. Mão no bolso, sem se apressar, João caminhou dois quarteirões. Ergueu os olhos para o céu negro — gotas de chuva ou lágrimas de agonia?

Dois Galãs

Com o terrível bigodinho, João seduziu a prima Zezé, fez nela um filho. Não é que achou graça em Rosa, do joelho ferido na queda de bicicleta? Como namorado subia a mão joelho acima.

— Meu bem, inchado aí não... — defendia-se a menina.

Antes que Rosa se entregasse, João perdido por Maria. Era um sedutor, o pai de Maria renegou o noivo. Ela deixou bilhete que tinha fugido para bem longe. Esconderam-se no quartinho de pensão. João contente só em agradá-la. Três dias em que Maria, nua e descabelada, louca de tais e tantas carícias, suplicou a quebra da promessa.

Manhã do quarto dia bateram na porta do sogro. Para ganhar coragem, João bebeu dois conhaques. O velho saiu de revólver na mão:

— Te mato, seu bandido.

— Mata um homem.

— Sete anos eu te prendo.

A moça pedia perdão com olheiras escandalosas.

— Cadeia não é para bicho.

Casado e feliz, João encontrou uma conhecida.

— Conhece a Maria?

— É minha mulher.

— Toda manhã nós duas no mesmo trem. Na primeira estação entra o galã. Eles no banco fazendo belezas.

Decidiu surpreender a dona infiel. O trem apitou, ela surgiu com o galã. Aos beijos por entre os bancos da praça. João saiu de trás da palmeira. A pobre moça teria uma vertigem se ele, derrubando a pasta, não a agarrasse pela orelha — até descolou a pontinha. Debaixo de murro e pontapé: o lindo dentinho cuspido na mão.

— Pedro, não me acode?

O galã investiu contra o marido, que alcançou a pasta e rebentou-lhe a garrafa na testa — só café preto na gravata de bolinha. Conduzidos à delegacia: os amantes livres e o marido preso por agressão.

João foi morar com a mãe. Rosa era vizinha e, ausente o marido, consolava-o da traição. Ainda o joelho esfolado? E a mão viageira debaixo do vestido.

— Meu bem, inchado aí não...

Nojo do marido, jurou cobri-la de jóias, mas não cumpriu. Antes morrer nos braços de João que voltar para o sargento. Arrumou a trouxinha, com o batom *Adeus* no espelho da penteadeira.

Desgostoso, o sargento passou a beber. Sete noites e foi bater na porta. João saiu de punhal na cinta.

— Por que isso comigo, seu moço?

E chorava o coitado na maior humilhação.

— De minhas filhas o que vai ser?

— Seja homem, sargento. Largue a bebida.

— Seu moço, me roubou a mulher.

— Eu lhe arrumo outra mais bonita.

Sôbolos Rios de Babilônia

— Não é a minha noivinha?

Melhor a mesa do canto, insistia que ela o retrato da mãe.

— Só que mais bonita.

Ria demais, falava sem parar.

— Outro dia vi...

Não era capaz, em tantos anos, de pronunciar o nome?

— ... de relance na rua. Bem duas irmãs.

Nada custava, por que não ser gentil? Entrando em casa: *Mãe, sabe quem a elogiou?*

— Eu, triste de mim, um caco de gente.

Sacudiu a opulenta juba negra. Ó não, aos olhos dela, era mesmo caco de velho.

— Ela, que eu sei, vai bem.

Nem mandou lembrança, a ingrata. Depois de tanto amor, podia odiá-la tanto? Sete anos passados, ao dar com ela na rua ferveram as entranhas. Não a quis loucamente, olho azul, voz esganiçada — a maldita corruíra nanica?

Ao garçom, ela pediu suco de laranja.

— Para mim também. Dois anos e cinco meses não... Parece mais magra.

— Não há procura de gordinha.

— Sua mãe não ouça. Obrigado, não fumo. Sabe que faz mal?

— Não seja quadrado, pai.

Só o pai para chamá-lo de quadrado. Bem a filha da mãe: o vício de exibir a coxa. Cala-te, boca.

— Aqui está o convite.

Papel brilhante, letra dourada — o gosto medonho da outra. Sem poder evitá-lo, o dedo úmido manchou o cartão.

— Mamãe e eu... O senhor tem de ir.

Já não escondia o tremor, largou o envelope sobre a mesa. Piedosa, ela baixou os olhos e sorveu o canudinho.

— Como é que posso, minha filha? No convite o seu pai é outro.

O outro. Na chaga do peito o verme roaz: seria a filha dele? Não era o mesmo queixo, os mesmos olhos compridos não eram? Antes não o fosse, dois estranhos — a vingadora implacável da mãe, sempre uma pedra na mão. Recusava o beijo na cabecinha rebelde. O doce apelido — Dondoca, Chiquita, Florbelinha — que a maior ternura improvisava. A única filha, ninguém mais distante.

— É que mamãe... Eu vim explicar. Para a sociedade o meu pai é ele.

Sugou ruidosamente o resto do refresco — o gesto que tanto o irritava na mãe. Acendeu outro cigarro. Soprou distraída a fumaça, ele se mordeu para não tossir.

— Mamãe acha que...

Tudo tinha sido dito. No seu lugar à cabeceira — o outro. Não esqueça, velhinho, a cabeça no segundo travesseiro. A mão do outro que abençoava a filha. No convite o seu nome apagado — a paternidade dourada era do outro.

— O senhor compreende, não é?

A idéia foi da mãe, não da filha. Provocação ou escarmento? Acusava-o pai de domingo. Muito cômodo ser pai uma vez por semana: levar a filha a passeio (nunca assisti-la em noite escura de aflição).

Empanturrá-la de sorvete, bala azedinha, algodão de açúcar. Esquecê-la na porta da casa, vestidinho sujo e dor de barriga.

Tão nervoso, mão fria, suor de fogo no sovaco, repetiu gesto esquecido: estralou os dedos um por um. Até que deu com o olhar da filha — a mesma censura da mãe.

Que tal o noivo? Família conhecida? Planos para o futuro? Sacudindo o sapatinho vermelho, respondia com tédio. Diante dela um senhor pomposo, infeliz de não... Pudera não ser a filha do outro, bonitão, sucedido nos negócios e, consolo único, ralos cabelos grisalhos.

Se o chamasse, uma vez, paizinho querido. Olho úmido da fumaça, velho babão e muito babão. Ouvir as palavras sete anos sonhadas: *Era menina egoísta e imatura. Hoje sei das coisas. Descobri quem é mamãe...*

— Bem que aceito um cigarro.

Com que direito, sua merdinha, você me renega? Vinga-se daquele pai outrora magro e nu a brincar do bicho de duas costas com a mãe? Entrevisto no asilo em camisolão branco? Os outros podiam sentir pena, fácil gostar dele — e ainda mais fácil desprezar.

— O senhor me desculpe. Preciso ir.

O garçom não atendia, não apresentava a conta, não trazia o troco. Constrangidos, um decepcionado com o outro. Quem sabe o procurasse para algum problema, homem sofrido e mal vivido. Não lhe ganhara a confiança, incapaz da palavra por ela esperada. Queixinho truculento da mãe, indiferença do olho ausente. Que sabe de mim, sua merdinha? A humilhação de pé diante do gerente de banco; uma cólica de fígado dói mais que a abjeção moral; e, pior que tudo, a solidão, a infinita solidão do vampiro, a estaca enterrada no peito.

Ela não podia esperar, hora marcada no dentista. E roeu um cantinho da unha — primeira vez achou que era a filha dele. Estendia a mão esquiva: ela e a mãe o esperavam.

Não se voltou da esquina para último aceno. Dois anos e cinco meses que ele não bebia. No primeiro bar pediu conhaque duplo.

A Noite do Lobo

Uivava nas ruas um lobo chamado solidão. Nhô João fechou a barbearia, requereu ao prefeito o teatro abandonado, inaugurou cineminha humilde com o pomposo nome de Politeama Oriente. No programa distribuído debaixo da porta, todo filme era espetacular, toda atriz sedutora, todo cenário luxuoso. O ingresso — no pedaço róseo de cartolina a palavra ENTRADA desenhada a nanquim — sempre o mesmo, devolvido pelo porteiro ao bilheteiro. O título pintava-o nhô João em letras garrafais azuis no muro. *O Fantasma da Ópera* incendiou o terror na alma dos piás que, tão impressionados, deitavam-se com o cachorrinho ao pé da cama.

O salão quase vazio — rugia o medonho vento do mar nas ruas desertas. Nhô João esperava mais gente para iniciar a sessão: os raros freqüentadores batiam o pé. Única vez lotado com a *Vida, Paixão e Morte de Nosso Senhor Jesus Cristo*, o anjo Gabriel arrancou palmas da platéia. Todo instante inflamava-se o celulóide — nhô João abafava a chama com o velho paletó. A luz acesa, os meninos assobiavam, cascas de amendoim voavam sobre as cabeças.

No fundo da sala dois camarotes para as famílias importantes que, durante a projeção, usavam binóculos. Nossos maridos detestavam sair acompanhados — mulher para criar filho, lugar de mulher em casa. Iam sós, cruzavam a perna, exibindo a polaina de lã, apoiavam o queixo no castão prateado da bengala. As cenas mudas comentadas pela Zizi ao piano e Lulo ao violino, a moça vigiada pelo pai, sentadinho na primeira fila. Ela se dividia entre a tela e a pauta levemente iluminada: errava muito, esticando o pescocinho, mais interessada em ver o galã do que tocar chorinho e polca para a comédia, romança e tanguinho para o drama. A valsa *Ramona* anunciava a entrada do vilão. Na cena emocionante ouvia-se na cabina o farfalhar da máquina e lá fora a tosse de nhô Chico — *Ói o amendoim torradinho.*

De assento móvel a cadeira (traiçoeiro para esmagar unha de piá) com meio espaldar — a moça agitava-se inquieta, o joelho do tarado nas suas prendas.

De repente grito ultrajado, acendia-se a luz. Nhô João surgia em manga de camisa:

— Seu Zé Pepé, para fora!

Pai de cinco filhos, além de apalpar no escuro, esfregava-se nas beatas durante a procissão do Senhor Morto. A pedido das famílias, o delegado proibiu a venda de amendoim. Apagada a luz, estalidos furtivos, mandíbulas ruidosas, cascas semeadas pelo chão.

Na esperança de atrair espectadores nhô João promoveu concurso de ioiô — ganharia cinco ingressos quem rolasse mais tempo o carretel. Patrocinou espetáculo de variedades. O mágico serrando a mulher ao meio, a gorda dona Fafá se abanava com o leque de marfim. Uma bailarina saracoteou o cancã e, erguendo a saia, escândalo das famílias, devassou a anágua amarrada por um cadarço até o tornozelo.

Nhô João rondava a porta, um palito no canto da boca.

— Como vai, nhô João? — cumprimentava um conhecido, sem entrar.

— Curtindo ingratidão.

Esgoelava-se o gramofone na esquina assombrada, sábado e domingo chovia sempre: ninguém na sala. Nhô João, alucinado pela Theda Bara, repetia só para ele a sublime cena de amor.

Não é que o maldito palhaço, montado de costas no burro, anunciava o circo? Possesso nhô João pisava no rabo do gato, sacudia o cachorro pela orelha. Ai de dona Maroca... Castigo pela ingratidão da cidade, nunca assistiu ao grande Rodolfo Valentino no seu maior sucesso *O Filho do Xeque*.

— Arre que te arrebento, diaba — e prendia-lhe as duas tranças no tampo corrediço da escrivaninha.

Ruiva, sardenta, prendada. Em solteira quem armava o presépio da igreja? Quem cantava de Verônica na procissão? Era você que puxava no salão o bloco dos dominós negros? Casada aquietou-se, o bracinho roxo de beliscão.

Menos freqüência tinha o cinema, mais nhô João reinava em casa. Fechado no quarto, não deixava entrar a mulher, devia se acomodar no sofá da sala. A dona levava o almoço e batia na porta:

— João, a sopinha de aletria.

Esperava que se afastasse antes de apanhar a bandeja. Sempre de chapéu, cruzava por ela sem a conhecer. Com o novo circo (desde anão e mulher barbuda até galinha de duas cabeças!), enclausurou-se nove dias no quarto — o fim do grande Politeama Oriente.

Com o cinema finou-se de uremia a dona Maroca. No velório ele atirava-se sobre o caixão, ululante, exibindo pela meia furada o calcanhar muito branco.

— Pobre compadre — disse uma vizinha. — Como ele sofre...

— Mais se desespera o viúvo — acudiu a outra — mais cedo o noivado.

Uma semana de nojo, o viúvo já perseguia as mocinhas. Três meses depois o casamento com a professora, gorda de tornozelo grosso, riso fagueiro dos trinta anos.

Dia seguinte nhô João pagou todas as dores da falecida. Não podia malucar e, ao esconder-se no quarto, dona Zezé escancarava as janelas. Tristinho, mão trêmula no bolso, cigarro apagado no lábio. Se um amigo evocava as célebres noites do Politeama Oriente:

— Desculpe a boquinha torta. Só uso dente fora de casa.

Quieto morreu em noite de inverno, sumido ao lado do fogão, a sombra do chapéu no rosto ausente.

No velório dona Zezé, grávida de sete meses, repetiu a cena:

— Pobre Joãozinho... Eu sei quanto sofreu!

Pela noite reinou a viúva, uma lata furada na mão, espirrando creolina em volta do defunto.

A Borboleta Branca

— Ela está no fim. O pulmão podre.

Já era tarde para operação ou bomba de cobalto.

— Por que não se queixou?

— Nem dor nem febre.

Com falta de ar, a janela toda aberta.

— Só uma nesga de pulmão.

Censurá-la por que gosta de fumar e, mãe aflita, acende um cigarro no outro? Sempre a tosse que a obriga a sentar-se, retorcida na cama.

— Dormir não posso, meu filho. Sufocada, este quarto não tem ar.

O moço adormece ouvindo a tossinha que ela, para não o incomodar, abafa no travesseiro.

— É doença ruim, filho?

— Minha mãe, que bobagem.

— Por que o doutor não deu remédio? Só proibiu o cigarro!

Cada semana o filho exige do médico uma nova receita. Com as vitaminas ela pula da cama, cozinha o prato predileto do menino, desce à rua por dois novelos azuis de lã.

— Tão cansada que me encostei na parede.

Sabendo o que lhe custou, viúva pobre, criar um casal de filhos, forçada a tomar um táxi. Já não sai, quieta no seu canto, enrolando um fiapo no dedinho trêmulo, boca escancarada diante da janela.

— Sem fôlego pode cair — adverte o médico. — Ou atirar-se.

Toda noite o filho aplica-lhe uma injeção. Mal cochila, senta-se angustiada, rompendo a camisola no peito descarnado. Ela sempre gorduchinha, tosse e emagrece, o chinelo de feltro dança no pé e a aliança no dedo.

— Que será de você? Bêbado, quem lhe segura a testa?

— Com essa injeção fica boa.

Últimos dias assistida por enfermeira moça e bonita. Nem bem desperta, outra injeção para entorpecê-la: não se queixa de dor, aquela ânsia de engolir todo o ar.

O rapaz lança-se pelas escadas, entra no primeiro bar. De volta espia o rosto escuro da mãe, a boca chupada sem os dentes, a respiração sibilante na madrugada. Quase não fala, persigna-se, cobre o rosto com o lençol.

— Se ao menos o coração falhasse — cochicha a enfermeira.

Meio da noite o grito e o rosto molhado de lágrimas. Outra vez o sonho em que ele entra no elevador e, mais que aperte o botão, a porta não se fecha, imóvel no fundo do poço — lá em cima a tosse da mãe, sem poder acudi-la.

Na testa em fogo a piedosa carícia da moça.

— Deite comigo.

— Está com febre, João.

— Me faça um agrado. Eu morro de tristeza.

Bem que se recuse a deitar, ele a possui de pé contra a parede. Tão grande alívio, adormece.

Três da manhã é chamado pela moça — a espuma negra borbulha no nariz da agonizante. Pobre mãe: cansada demais para tossir, olho aberto sem ver, o soluço que estremece a cama.

Um suave gemido, o sorriso, bem quietinha.

— Olhe, João — diz a moça.

Voa pela janela uma grande borboleta branca.

A Grande Fiteira

— O que você é, Maria? Uma grande fiteira.
— Não fale alto, homem. Tenha paciência comigo.

*

— A enxaqueca de Maria tem o nome João.

*

— Se você visse como o João dorme. Cansado ou não, deita na cama e ronca. Fico me virando a noite inteira sem pregar o olho.

*

Primeira a saber que velho e acabado. Se chega tarde, aflitinha, mordida de ciúme:
— Só está feliz no meio das moças.

*

Após a discussão, cai de joelho, a mão erguida:

— Me perdoe, João. Triste de mim, não tenho culpa.

*

— Você, meu filho, o único que me entende. E nervoso como eu.

*

— Mamãe é uma egoísta. Aposto que papai morre antes. E ela fica atormentando a gente.

*

— Agoniada, acendo a luz, respiro na janela, bebo água na cozinha. Sempre dormindo, três pernilongos no carão lustroso, o porco só sabe roncar.

*

— A mulher e o homem envelhecem diferente. Aos cinqüenta anos ela é uma árvore seca. Com essa idade o homem anda por aí lampeiro.

*

— Esse aí, quando eu me finar, casa com outra. E vai se arrepender muito.

*

— Um vestido lilás. A negrinha me olhou da cabeça ao pés. Daí uma semana aparece com vestido igualzinho. Ó negrinha presunçosa!

*

— Que é que essa negrinha pensa? Até com rádio no quarto!

*

Se eu pedisse, Dindinha, me dava um beijo?

— Quantos o senhor quiser.

*

— Dia de sol assim dá gosto estar vivo.

— Bem é tempo de chover: a grama seca.

— Em vez de chorar a chuva que não chove, por que não bate palmas ao sol?

— Sempre egoísta, não é? Só pensa em você. Por você o mundo morria de sede.

*

— Sabe o que ele teve coragem de dizer? *Cuidado com a Maria. É uma de Sousa — todas são falsas.*

*

— Água de torneira ele dá. Água gelada, que é bom, nem para mim.

*

— Essa fulana muito prepotente. De tudo quer se adonar.

*

— Tibério pobre, sem ilha de Capri e sem criado, reina sobre a escrava da mulher numa casa de madeira com cinco peças.

*

— De tanto ela se mexe na cama está lendo jornal no escuro?

*

— Eu preferia esse aí quando fumava — era menos implicativo.

*

— Do meu coração ela fez almofada de alfinetes.

*

— Pobre João, de pescoço fino e olho apagado. Não tem pena, Maria?

— Pena tenho de mim. Se esse velho morre um vestido vermelho eu compro.

*

— Maria, estou doente, acabado. Minha doença é você.

Mãezinha

Bem gostoso, ao conchego da lareira, bebericando o primeiro uísque. A dona da casa desceu a escada, levantei-me para beijar-lhe a mão.

— Mãezinha, o nosso convidado — apresentou-nos o marido.

Repeti que minha mulher, indisposta, não pudera vir.

— Friorenta, com arrepio, a gripe.

Uma pena, queriam demais conhecê-la.

Embora a cidadinha perdida no fim do mundo, sabiam tudo do teatro de agressão, droga alucinante, troca de casal.

Terceiro uísque, soou a campainha e, antes de abrir, ela anunciou:

— Surpresa da noite!

A surpresa era o grande Serginho, vestido negro de cetim, piteira na boquinha encarnada.

— Um artista do rebolado! — apregoou o dono da casa.

Caretas e dengues lascivos do velho pederasta, um tantinho deprimente na longa cabeleira branca — o suor escorria a sombra dos olhos. Nos arrancos finais resfolegava mais alto que o uivo da negra.

Mal se recompôs no retinir de pulseira e adejar de pluma, o dono da casa voltou-se para a mulher:

— Mãezinha, agora sua vez.

Na lareira um tição espirrou chuvisco de brasas.

— Credo, meu bem. Nosso convidado o que pensa? — encarando em mim o olhinho risonho. — Acha que devo?

— Por que não? — gaguejei um trago depois de outro.

Nova dose, mudado o disco, apagada a luz, surgia no primeiro degrau. Vestido vermelho, meia preta, sapatinho dourado: despida pelas línguas de fogo contorcia-se ao gemido obsceno da clarineta.

Eu de copo na mão, o gelo derretendo-se no copo. Todinha nua, as pegadas úmidas no soalho, atirou-me em despedida uma liga roxa... Evanescida a bailarina, acesa a luz, o dono da casa falou:

— Mãezinha não é falsa magra?

Muito elegante descia os degraus, com a menina pela mão:

— Olhe a grande chorona!

Correu para o colo do pai, que lhe enxugou o óculo:

— Minha filha tão medrosa. Não cumprimenta o convidado?

Estendeu a mãozinha viscosa, quem sabe de terror. Não permitiu lhe afagasse o cabelo.

— Um problema esta menina. Pesadelo toda noite. Acorda aos gritos, chorando.

— *Mãezinha, no sonho está morta* ... Só o que ela diz.

— O pai leva para a cama.

— A bênção, mãezinha.

— Sonhe com os anjos, minha filha.

Curiosa por minha mulher, se loira ou morena.

— Não esqueceu, meu bem?

O homem exibiu a chave: se a porta não era fechada, insinuava-se a menina no quarto da mãe, no quarto do pai.

— Mãezinha querida.

Deslizaram pelo salão bem agarradinhos.

Diante de mim o Serginho, a mão esquerda oferecida:

— Me dá o prazer?

Ergui o copo e recusei com um sorriso.

— É tarde, Serginho — o dono da casa servia mais uma vez a última dose.

Sem se despedir, a mulher subiu a escada. O pobre Serginho abateu-se no sofá, um fio de baba na boquinha enrugada.

— Entrego o Serginho em casa — decidiu o marido.

Um nadinha oscilante, fiquei de pé.

— O quarto de Mãezinha à esquerda — indicou risonho, a mão no meu ombro. — Não vai devolver a liga?

A Lua do Mutante

Distinto senhor de cabeleira branca, combina a gravata de seda com o olho azul profundo. Em adoração a gorda dona Maroca suspende o crochê. Para distraí-la, ele a mantém grávida, ocupada com mamadeira e cueiro. Única tristeza é que, desvelado com o nascituro, dispensa-se dos deveres de estado.

De amor perdida a santa senhora espreme as espinhas das costas ao gatão libidinoso, que cochila na banheira, inebriado com sais aromáticos. Nervoso secreto, que se denuncia na unha roída até o sabugo, tem a maior curiosidade pelas vestes íntimas da mulher. Quando bebe, chega a vesti-las diante do espelho da penteadeira. Dona Maroca não se opõe, muito excitado e carinhoso ao ponto de morder-lhe selvagemente a nuca.

Sóbrio, foge de intimidades com a desculpa da mão gelada. Se ela o afaga em carícia furtiva, todo arrepiado. Entretida no sapatinho de lã, ergue a cabeça e surpreende nas pupilas marinhas um lampejo de fúria, logo disfarçado em sorriso divino.

João beija-lhe a mecha grisalha. Dobra a esquina, tira do bolso o espelhinho redondo, belisca duramente a face pálida. Pisa mansinho, ele que dentro de casa no passo de gigante assusta o peixinho vermelho. Esquecido de fósforo, aflito pela hora, sem rumo na rua, aborda o primeiro mocinho.

Descansa no banco de praça ao lado de bêbado e vagabundo. Seis da tarde, de pé no ônibus, apertado entre os jovens operários. No cinema, emocionado pelas agonias do herói, derruba o chapéu no joelho do vizinho. Uma balinha de mel para o rapaz? Na penumbra o olho dourado é baba fosforescente de lesma.

Domingo leva o filho ao Passeio Público. O menino no colo, indiferente ao macaquinho, ao leão, ao urubu-rei, aponta-lhe o bigodão de um cabo de cavalaria.

Em casa procurado pelo mocinho bonito, que discute com voz esganiçada. Dona Maroca percebe que lhe entrega dinheiro e, em vez de agradecer, o ingrato ainda se arrenega:

— Ai, que mão fria...

Quando a gata deu cria, ele que tem a lágrima fácil, afogou no tanque os gatinhos.

À sombra do portão esperam-no o leiteiro, o cobrador de ônibus, o guarda-noturno — ó misteriosa confabulação que, apesar dos risinhos, anuncia a fuga da família para outro bairro.

Recolhe dois e três meninos, imundos e mal trajados — contraparentes em desgraça? —, com os quais se fecha na sala de visita. Se dona Maroca quer levar um cafezinho, dá com a porta chaveada. Os meninos saem com pacote debaixo do braço, em geral pulôver trabalhado por uns dedos gorduchos.

Não resiste ao feitiço da lua e, a fulgurante cabeleira branca, assobia uma valsa alegre — sua roupa de baixo é pecinha rósea de dona Maroca. Chega bêbado, camisa rota, olho preto.

À pergunta ansiosa da mulher, que foi assaltado por ladrão — outro relógio de pulso perdido. Fecha-se no banheiro e, o pijama azul com bolinha, reza ao pé da cama. Recusa vinho doce e broinha de fubá. Mergulha no sono sacudido de palavrão e suspiro de gozo. Dona Maroca beija uma gorda lágrima no olho fechado.

A Sombra de Alexandre

Sabe o que é ter casado com a noivinha dos seus sonhos? E, anos depois, não poder sentir-lhe a mão, suportar-lhe o passo, sofrer-lhe a voz esganiçada — maldito olho na nuca, antraz maligno da nádega esquerda? Maior o ódio com que você a odeia do que o amor com que a amou.

Intolerante, vaidosa, beligerante, truculenta, vindicativa, somítica, egoísta, soberba, prepotente — ó florilégio de achaques íntimos e mazelas vergonhosas.

Contra ela as únicas armas são o silêncio, a recusa, o desprezo secreto.

No dia da sua aflição cumulou-o das muitas dores.

Liberto da obsessão da mulher, pode meditar nos mais transcendentes assuntos. Muito que se aplique, quem lhe dirá que assuntos são esses? E com a calvície, a penosa decisão: usar chapéu, boina azul, boné xadrez?

O susto quando você dá com a primeira namorada de boquinha rugosa — a medonha dentadura com dente demais.

Pensando bem, você tem a idade do seu avô. Ele que, para você criança, encarnava o ancião de barba branca, era tão moço quanto você hoje.

Não há de perdoá-la, furioso porque o deixou de abrasar. Nunca mais enfiar-lhe a mão debaixo da saia, a mão de olho arregalado.

Nas entranhas vazias de amor o grugulejo dos borborigmos — um resto de água no ralo da pia.

Basta que um velho aproxime o rosto e você já sente o hálito da peste.

Repete-se o lapso de memória, a palavra não acode. Três dias para se lembrar de *parnasiano*. Dirige-se ao amigo pelo nome errado. Socorre-se de *tralha*, *trem*, *traste*, mil objetos diversos?

Cai a primeira folha do chorão, cai o primeiro velhinho na coluna de anúncio fúnebre.

Boné xadrez, passinho incerto, mancha roxa na mão, a cara em fogo da pressão alta, o cabelo retorcido da narina estremece ao sopro ofegante.

Onde os antigos colegas que o conheciam pelo apelido de Gordinho?

Em noite de insônia, quietinho na cama, você dá volta inteira ao jardim, sentindo o terreno debaixo do pé, assustando os pardais; eis o bafejo frio na sombra do chorão, onde um sabiá solitário sacode das penas as primeiras gotinhas de chuva.

Basta que ela saia, acordam as vozes do silêncio. Tosse tatibitate do relógio. A cadeira de vime estala. O peixinho vermelho rumina a dentadura. Passos perdidos descem a escada. Sozinha desenrola-se uma bola de papel.

Um velho, uma caneca trincada de louça, o letreiro *Lembrança* quase apagado.

Toda manhã no fundo da xícara o reflexo do óculo triste.

Quem é você, pobre Sansão tosquiado, olho vazio sobre o nada?

Sentimento desvairado de culpa: na lista de títulos protestados sempre um alívio não deparar com o seu nome — você nunca assinou uma promissória.

Sua língua maligna (dela) é sepulcro aberto.

Um sábio: conhece o caminho do vento, o salto de pé junto da corruíra, o peso de uma gota de chuva. Inútil sapiência, se não decide a eterna disputa porque ela baixa e você ergue a tampa da bacia.

Na sombra do chorão o sabiá acha um verme, pinica furioso, rodeia o buraco e, abanando o rabinho, engole a presa que se debate.

Longe dela você escuta na parede uma lesma rabiscando a assinatura dourada.

O lencinho branco na mão trêmula da avó — nunca mais aspirar cânfora sem ser assaltado pela memória da velhinha.

Despede-se do pessegueiro a folha seca e volteia sem cair no chão — um pardal.

O primeiro cabelo branco no ventre.

Caminha pelo quarteirão em vez de errar na cidade: melhor dos calos. Descendo cauteloso a calçada, de repente um espanto: que fim levaram os cachorros vadios? Ruas cruzadas de carros, foram todos atropelados, velhos e cachorros?

A maior adoradora de televisão, infeliz para sempre se perde o capítulo da novela. Quando afinal apaga a imagem, leva o rádio ao banheiro, ao sótão, ao quarto. Os sentimentos da heroína, sua verdade o anúncio de cigarro. Se folheia uma revista, ainda de fotonovela. Miss Fã Número Um, a noiva do conde Drácula: o pontinho luminoso por último na tela negra. Todas essas mulheres assombradas pelo mesmo fantasma não são a tumba secreta do vampiro de almas?

Solitário pires sem xícara, sentadinho ao sol, o velho chupa sua bala azedinha.

Sete noites os lençóis incendiados de paixão — ó grutinha nacarada, faminta concha sempre aberta. Mil e um dias de orvalho sobre a cinza fria.

À sombra do chorão o sabiá, tanta alegria ao desentranhar um verme, bate no chão três vezes com o rabinho.

Adormecida ao seu lado você a insulta: água, você secou, laranja você murchou, leite coalhou, rosa se despetalou, vinho azedou; sumo, eu te engoli, pó eu te varri, caroço eu te cuspi.

Aos cinqüenta anos você pede menos que Diógenes, nem reclama da sombra de Alexandre na soleira do tonel.

O Matador

Bateu duas vezes na vidraça, o sinal combinado.

— Pensei que não viesse — toda vestida e pintada, o chinelo de feltro. — Três horas, meu bem.

— Quero você — e agarrando-a com aflição. — Não posso esperar.

— Aceita uisquinho?

Ela bebeu dois goles no mesmo copo.

— Já volto.

Corria o ferrolho na porta, apagava as luzes da sala.

— Toda sua, querido.

O copo vazio.

— Mauzinho.

Nova dose, que ela emborcou.

— Por aqui.

Tomou a dianteira na direção da escada. Estacou duas vezes nos degraus, a mão no peito. João desviou os sapatos no patamar, surpreendeu nesga branquicenta de coxa, o novelo de fios azuis na panturrilha, a liga vermelha na meia abaixo do joelho.

No sótão a cama estreita de viúva. O espelho com retratos na moldura. Pelo chão garrafas vazias de vodca, rum, conhaque. Nenhum copo: ela bebia no gargalo.

— Só um pouquinho. Me enfeito para você.

Uma garrafa pela metade, bebeu também no gargalo: não apagar o fogo sagrado. Desolado na beira da cama, tarde para se arrepender.

Do corredor a voz dengosa:

— Como é que você quer? De roupão ou sem nada?

Na dúvida, o roupão. Ei-la na porta, ocupando toda a porta.

Três passos e abriu a negra mortalha de seda: noventa e nove quilos de carne branca.

— Tudo isso é meu, querida?

— Um beijo — ela fazia biquinho. — Na boca.

Abraçou-a com fúria, abarcá-la não podia.

— Beijinho — ela insistiu.

Deu-lhe meio beijo. Mordiscava a bochecha, a barbela, o segundo queixo. Ela se deixou cair na cama, arrastou-o na queda. Debateu-se agoniado, safou-se de costas.

— Me agrade — ordenou com voz dura.

Gemendo, ela conseguiu voltar-se, de joelho titilou a orelha. Erguendo a cabeça, João viu-se de meia preta no espelho. Navegava ao léu dos cinco oceanos de delícias gelatinosas. Afundou no remoinho de dobras, roscas e pregas. Babujou um, outro, mais outro úbere bamboleante. Ó morcego perdido na gárgula de catedral barroca.

Foca suspirosa, revolvia-se e fungava, patinhando na própria banha movediça. O moço libertou o braço e, sem aviso, desferiu a mão aberta:

— Sua grande ...

Arregalou um olho, assustada. Depois outro, medrosa:

— Está louco?

Com mais gana o terceiro bofetão. Lágrimas de gozo no carão rubicundo: o rincho selvagem da égua marinha. João bateu com raiva, sangue do nariz manchava o travesseiro.

Espichados lado a lado, ele admirava o abajur vermelho de seda. A dona bem quieta, olho fechado, lenço no nariz: próxima vez queimaria a barriga na brasa do cigarro?

— Puxa, é tarde... — de meia preta e relógio no pulso. — Não posso ficar.

— Diabinho, você prometeu. Enganou a pobre de mim?

Já vestido, exibiu-se no espelho entre as fotos coloridas: o feroz matador de Curitiba.

De costas ela remexia na bolsa, retirou a mão fechada.

— Abrir a porta.

Ao enlaçar o braço, enfiou-lhe no bolso um maço de notas: Quanto seria? A escada muito estreita para os dois. Desceu primeiro, sem coragem de olhar para trás, bufos e rangidos nos degraus.

Na porta fez-se pequenina, conchegada ao peito forte. João fechou-lhe o roupão nas medonhas tetas negras.

— Não se resfrie, querida.

Antes que pudesse afastar-se:

— O meu beijinho? — ela protestava, ofendida.

Mão no bolso, sentiu a bola de notas. Fechou os olhos. Beijou a boca suculenta de água-viva.

Sonho de Velha

Sentadinho na cama, pitava longo cigarro de palha com flores de três babados — a cada tragada um marulho no peito. Qualquer hora daria um susto na velha. Brincalhão, não era levado a sério. Bem que mais magro, pescoço fino, olho preto lá no fundo. Tristonho, roía naco de rapadura.

— Você belisca, perde o apetite, fica luxento.

Já não era o velhinho que, descalço, a calça arregaçada até o joelho, assobiava na garoa.

Pela manhã as rugas alagadas de lágrimas.

— Corra, minha filha. O pai não está bom.

— Um sonho ruim. Gelado na cama. Em três dias.

Dona Maria foi para a cozinha.

— Não sabe quem é essa velha... A megera que é.

Briga dia e noite com as duas. Enganando as dores afia uma faca de ponta. Ou bate prego na parede: o sopro sibilante arrepia os pêlos da narina. Esfrega as nódoas amarelas na mãozinha trêmula — sinais dos últimos dias.

— Eu enfrento o bichão. Tenho pena, mas o que fazer?

— Tadinho do pai.

— Tão impertinente. Pudera, tanto remédio. À noite fica impossível. Do teu noivo, o que ele perguntou? *De quem gosta mais, minha filha? De mim ou desse noivo?*

— Me calei, ele ficou ofendido e eu? Perdi o noivo.

O casal entretido no circo quando ele recebeu aviso de morte:

— Acuda, velha. Ficando tonto.

Mais interessada dona Maria na cambalhota do palhaço:

— Quieto, João. Já passa.

Encostou-lhe a cabecinha no ombro, logo estava bom e ficaram até o fim do espetáculo.

Segundo aviso na missa de domingo. Outra vez aturdido, com falta de ar, não deu à velha o gosto de se queixar. Testa gelada de suor, pávido na ponta do banco.

Mesma noite jogou escopa e, tripudiando sobre a megera, bateu na mesa o sete-belo. Tristinho, enjôo de estômago, pediu leite quente.

— O caldo de feijão. É indigesto. Eu bem disse.

Diaba, só queria discutir. Encolhido de frio, arrastou-se até o quarto. Levando o café quente, dona Maria deu com ele retorcido na cama, de boina e chinelo de feltro.

— Que é isso, João? Acuda, Zezé. O pai não atende. A modo de uns soluços...

Rangia o dente e rolava o olho branco.

— Eu disse que esse velho não facilitasse.

Ao vê-lo da porta o médico não deu esperança.

— Uma pena. Tão de repente.

— Deus reservou uma boa morte. Doente ia reinar muito.

Olhinho esperto, uma tragada do cigarro de palha — as faces colavam-se por dentro. Na mesa da cozinha os três vestidos que descosia e tingia de preto.

— Triste ficar só.

— Estou com setenta e dois, doutor. Um ano mais que o finado.

Reinava o finado (agora em sossego na sala, duas moedas nas pálpebras, pequeninho no imenso caixão) porque ela pintava o cabelo grisalho.

— Muito comovida a Zezé?

— Só espanta mosca na testa do pai.

Sorriu de boquinha fechada. Com o velho morto, não merecia dentadura dupla?

Educação Sentimental do Vampiro

*** O pai discute com a mãe. É uma *bruxa* e eu, bem quieto, o *gordinho sinistro*. Ela chora, retrato desbotado de Lilian Gish em *O lírio partido*.

Não mais que sete sonhos recheados de goiabada.

Sinto em mim o borbulhar do vampiro: o dentista de Von Stroheim, anestesiada a loira na cadeira e beijada em delírio — extrair o dente?

Cabelos na palma da mão? Eu não fui.

*** O Grande Garanhão de Curitiba tem amante — quem me dera ser bastardo de pai desconhecido.

Duas fatias de torta de morango, três queijadinhas, vinte e sete balas de hortelã.

Escondido na multidão, o olho que tudo vê não me alcança: a infância na bola de pipoca com mel, na casca de amendoim debaixo do pé. Duas janelinhas com a poeira luminosa de nossos sonhos mais secretos.

Antes de dormir, o grande Brando machuca nos braços peludos a viúva louca de *Uma rua chamada pecado*. Em penitência, três padre-nossos e três ave-marias.

*** O pai xinga a pobre mãezinha de *megera*, a mim de *último dos maricas*. Dele eu me vingo atacando a segunda coxa de galinha.

Uma borboleta esvoaça na vidraça, a do soldadinho alemão de *Sem novidades no front*.

Bolinho de bacalhau como dona Sinhana não há quem faça.

Sonho com o branco peito de *Manon* marcado na brasa de cigarro.

*** A mãe reclamou dos papéis prateados de caramelos sob a cama — até ela contra mim. Estralo os dedos entre o amor e o ódio, pastor maldito de *O mensageiro do diabo*.

Na rua o riso canalha da grande Garbo em *Ninotchka*.

Atiro bolinhas de papel na mesa da datilógrafa — a loira do faroeste ingênuo de Tim Mc Coy.

Chove nos pântanos que defendem o palácio do conde Bela Lugosi.

Nas últimas cadeiras batalhas de mãos úmidas e quentes entre bichos com olho dourado.

*** Derrubo o lápis, belezas da datilógrafa — as ligas vermelhas da grande Marlene em *O anjo azul?*

Uma barra de chocolate no lustre, o mocinho de *Farrapo humano.*

O velho Peter na esquina de Duesseldorf, assobio com medo do escuro.

Deitado na cama, olho a copa das árvores e a heroína soluça nos meus braços — *Ai, George.* Não é George, meu bem.

*** Não choro o pai que nunca tive (a seus olhos uma gota de sangue na gema de ovo) a roer furiosamente as unhas.

De tanta queijadinha herói dispéptico de *O terceiro homem.*

A loira me perguntou: *Dor de dente?* Não, bala azedinha na bochecha. Óculo embaçado do galã sob os beijos molhados da grande Marilyn.

Na cadeira ao lado o medonho cançonetista de boina e voz rouca de *Os boas-vidas.*

O cartucho de rebuçados é a caixa de chapéu do assassino de *A noite tudo encobre.*

*** Gorgorejo dos borborigmos nas entranhas — o grande Bogart bebericando chá com a última solteirona. Embarco no navio fantasma do velho Nosferatu.

O passinho floreado do grande Marcelo no corredor do hotel. Ela foge assustada do *M* estampado a giz no paletó.

O convite aliciante no vão da porta:

— Vem cá, ó Quatro-Olho... Ó, Gordinho, vem cá...

Só porque me chamou gordinho, o que o velho Jack fazia com as outras.

*** Uma semana que a pobre mãezinha é morta. O grande Landru diante da janela recitando um verso para a lua.

*** A loira ficou noiva, a pérfida. Bigodinho do velho Taylor, nunca mais serei o mesmo. Pés nus sobre cacos de vidro, o padre pecador de *A noite do iguana*.

No Passeio Público um balão vermelho e a brasa do cigarro de *Pacto Sinistro*.

Na minha cama, sob a imagem da Virgem, a ninfa nua de *A Noite* — confeitos na mesinha de cabeceira.

*** Três pastéis de carne, quatro coxinhas de galinha, uma empada de camarão (bem que duas).

Na praça a menina loira, oito anos, vestido branco ao vento — o mesmo vento que afastou o véu da heroína de *Rashomon*. Enxugo as mãos no bolso.

Persigo-a no passinho miúdo do grande Hossein. Exausto passo pelo sono, o soldadinho que, ferido, derruba o óculo, tateia de joelho, volta a colocá-lo e morre.

*** Arrasto a minha tristeza, Django o seu caixão fúnebre na lama.

Nove cocadas, três de cada cor: branca, preta, rósea.

À espera da menina, a vida que foge ao longe, filme proibido para o qual não fui convidado.

*** Sem unha para roer, o dedo em carne viva, o sangue é quente e doce.

*** No bolso o volume dos bombons para a minha menina.

Por Deus do céu não sou culpado.

Conchego de Viúvo

— A bendita casa eu vendo. Com o dinheiro vou embora. Para os filhos sou velho impertinente. O Juquinha ainda liga, pensa que a nora tem paciência? Vendo a casa e vou para um asilo. Quem quer saber do velho?

Ai, que falta, a Maria... Quarenta anos um a par do outro. Um acostumado com o outro, quase já não brigava. A casa inteira para os dois, os filhos bem casados. Pulei cedinho, fervi a água, o chimarrão na cama. A cuia mudava de mão, doce conversinha no sossego. Chaleira vazia, estalei o suspensório, a velha disse: *Traga dois churrascos, enjoada da sopa de bucho, e o meu bem gordinho.* Umas voltas, proseei com os amigos, cheguei com o churrasco. Ela arrumava a mesa, eu ao lado do fogão. Dona bem conservada, não me segurei, ergui o vestido: Você, Maria, uma coxa muito boa... Sessenta e cinco anos coxa bem branca. Minha velha, a pobre sorriu, agradeceu com beijo na boca. Mal beliscou o churrasco — bem gordo, no gosto dela —, derrubou o garfo: *Me acuda, João*. Olho branco, rolou de costas no caixão da lenha. Deitei-a na cama, chamei o médico, que deu cinco injeções. Era tarde: não durou uma hora. Juquinha a encontrou com vida, ele que dias antes: *A mãe está gorda, ela está forte*.

No velório, de cara rosada. Tanto as mulheres falaram, na surdina furei a mão com alfinete de gravata — três vezes eu piquei, nem sangrou.

É vergonha chorar a amiga de tantos anos? Ai, que falta... Tua velha tem paciência, a nora é que não. Rezei a missa de sétimo dia, pendurei o retrato na sala e disse: Ontem foi ela, amanhã sou eu. Quem cuide de mim e faça companhia. Uma novinha, me esquente o pé, o chimarrão na cama, a sopa de bucho.

Não posso depender de filho. Marta é instruída, professora formada três vezes. Tem os alunos, marido e filho. Juquinha, esse, muito soberbo. Que é o filho do rei. Que rei sou eu? Sou escravo do rei, que varre a bosta dos cavalos do rei. Chegou lá em casa e não entrou. Minha nora nem desceu do carro: *Como vai, seu João?* Fiz que não ouvi. Ele veio, pediu a bênção, beijou a testa — mas não entrou.

Obrigado a procurar um conchego. Do velho ninguém quer saber. Só dona apartada, um batalhão de filhos. Então sou bobo? Dei com a Rosinha, petiça de minha velhice. Viuvinha moça e apetitosa. Um filho, esse não queria: viúva casa, perde a pensão. Limpinha, nunca serviu café requentado. A roupa de baixo? Sedas e rendinhas que não imagina. Um defeito, gastar demais. Sovina não sou, jornal todo dia para quê? Calorzinho bom, nunca de pé frio.

Quem suporta um velho feliz? A nora com intriga da Rosinha, queria a doação da casa? Tanta desfeita, a petiça não pôde mais: *Você não falou, João, teus filhos eram doutores? Por que me invejam?* Não ligue, tetéia, de você ninguém me tira. Bem o Juquinha arruinou a minha sorte: *Com ela o pai passeia, com a mãe não tinha tempo.* Que tempo eu podia ter? Trabalhava o dia inteiro para educar esse desgranido. Eu ia almoçar em casa? A velha levava um prato lá no balcão. Que mais que eu faça? Pegue na picareta? Isso para ele. Daí a peticinha se ofendeu com razão. Me abandonou, a ingrata. Não queira ser velho, de você ninguém gosta.

Outra vez fiquei só. Meu consolo o vinho azedo da solidão e o retrato dourado da velha. Bebendo demais, é a queixa da Marta, que mais posso fazer? Ninguém prega meu botão, lava minha roupa, cozinha minha sopa. Na hora de gozar a vida, a velha me falta. Não deixaram com a Rosa, peticinha boa aquela. As vergonhas uma brancura, só de olhar me esquentava o pé. Sem a companheira nem a petiça, que me resta? Eu, que tive a glória do rei da casa, só para sempre. Quem vai querer um velho?

— Outra velha — rematei eu.

O Maior Tarado da Cidade

Fugiram do inferninho, mão dada sob a garoa. Ela balançava o braço de tão feliz. Rasgada a janela do céu, agulha branca ligeirinha costurava o ar, o bueiro regougava a água escura da sarjeta. Lenço na boca, a moça tossiu. Ele assobiou para um e outro táxi.

— Cuidar dessa tosse, minha filha.

Na farmácia comprou xarope de agrião e pastilha de alcaçuz.

— Obrigadinha, bem. Você é um amor, bem. Não é, bem?

Escondida do motorista, descalçou o sapato. Ofereceu-lhe o pezinho. Ele agarrou com mão trêmula: pequeninho, lindinho, unhinha bem redonda.

O último bar da noite. No canto do balcão, cada um mordia o seu cachorro-quente.

— Quero tudo, minha filha — e ela concordava, olho baixo. — O maior tarado da cidade.

Ela insistia em que um mordesse o sanduíche do outro. Nódoa berrante do vestido — na penumbra do inferninho um discreto lilás, aqui verde nauseoso. O cabelo, em vez de preto, fosco e avermelhado. A pele cinérea, mosqueada de pequenas rugas. Só a covinha no queixo era a mesma. Casaco roxo de veludo para combinar com a branca sandália.

Ele comeu um sanduíche e ela, dois. Na carteira de cigarro desenhou coração pingando sangue — *Maria, eterno amor* —, assinou o nome de guerra.

— Obrigadinha, bem — e guardou-a na bolsa de franja.

Corriam pela rua e, abrigados no vão das portas, beijava a noiva dos seus sonhos: beijo baboso na boca, o saibo de mostarda.

No hotel, atrás do gradil, cobertor xadrez no ombro, o porteiro molhava o pão no café. Lá fora o dilúvio do juízo final, perderam-se no labirinto de corredores.

Ela entrou no banheiro. Ele inteirinho nu, só de meia preta. Pensou um pouco, descalçou a meia. Ei-la envolta na toalha branca, sempre de salto alto. Não queria de luz acesa. Faria tudo, não é, bem? Deixaria tudo, não é, benzinho? Desde que no escuro.

— No escuro não tem graça.

Furúnculo, chaga podre, unha encravada? Baixinha, bundudinha, gorduchinha. Livres do sutiã, um seio para cada lado. Uma ferida a mancha no tornozelo? Laurinho acendeu a luz, ela tornou a apagar.

— Não faça isso, bem. Não, bem. Ai, bem.

Já era tarde. Depois ele estirou-se na cama, a vez dela. Tudo o que sabia era beijá-lo na boca. Exigiu posição diferente. Depressa ela concordou: Evoé, gostosão! Bêbado demais, não rematava. Enjoado de beijo, afundou a cara no travesseiro — a boca para beijar minha filha. Exausto, com sono, quase dormindo. Puxa, como ele demorava... Ó Deus, se fracassasse?

De um salto acendeu a luz. Não foi ao banheiro, esqueceu o nó da gravata, não amarrou o sapato.

Vertigem de pânico ao dar de cara com a manhã. Chovia sempre. Medonha chuvinha que encharcava a meia dos vivos e lavava a cara dos mortos. Atirou-se aos berros na frente do táxi. Sentaram-se conchegados, cuidado de não a olhar.

— Meu bem, o primeiro que cuidou de mim — abriu a latinha de pastilha negra, enfiou-lhe uma na boca. — Ninguém me comprou xarope. Pode que não acredite. Louquinha por você.

No espelho o rosto de olheiras, ele, o rei da noite.

— Quem paga a pensão?

— O meu coronel, não é, bem? Quer fazer vida comigo.

— Cuide dessa tosse. Desça. Agora desça.

Quis beijá-lo em despedida. Ele acendeu um cigarro.

— Quando a gente se vê, bem? Hein, bem?

Sem responder, encolheu-se no canto. O tempo todo de mão dada, não a olhou uma só vez. Cuspiu a pastilha. No espelho o risinho do motorista — um negro de cara lustrosa, apesar da chuva. Que parasse duas portas antes da casa. Na mercearia os primeiros fregueses compravam pão e leite. Ora, o doutor — não é o que você imagina? — no velório de um amigo.

Escondeu a gravata vermelha, evitou as poças no jardim, um pardal caiu encharcado a seus pés. Abriu sorrateiro a porta, ali a empregada molhava o pão no café. Direto ao banheiro, que água lavaria a imundice da alma? No quarto os ruídos da mulher dando a mamadeira para a filha. Atirou a roupa no canto, morrinha de cadela na dobra da pele, debaixo da unha, na raiz do cabelo. Tossiu sem vontade — me passou a tosse, a desgraçada. Arrepiado, recebeu o jato de água.

Esperou que a mulher fosse para a cozinha. No quarto escuro sumiu debaixo da coberta: o cheirinho gostoso da bem querida. Não era rato piolhento de esgoto? Quentinho no borralho, a lembrança dos que sob a chuva corriam de pé molhado, adormeceu.

— Duas vezes telefonaram do escritório — era sacudido pela mulher.

Grunhiu, gemeu, suspirou e, posto que nu, de mão no bolso.

Ela escancarou a janela:

— O senhor por onde andou?

Bobo de responder, mortinho e enterrado.

— Sozinha. Morta de medo. Um ladrão no trinco da sala — e a voz olhou para ele. — O senhor atrás de vagabunda?

Sempre a cara no travesseiro:

— Primeira a saber, minha filha. Bem casado. Outra não preciso. Mulher tenho em casa.

Adivinhou o riso escarninho, o mesmo do negro no espelho. Ergueu canto furtivo de pálpebra: diante da janela a moça espiava a chuva sem fim. O célebre papel de viúva sofrida, não mais raivosa:

— O senhor não vai trabalhar?

Na minha alma chove todos os dias.

— Já vou — e tossiu manhoso.

Bagre no tanque do orfanato, cai uma bolinha de pão, três saltos de boca aberta: chegar-se por trás, mordiscar a nuca e, arrastando-a entre os lençóis, possuí-la como nunca o fizera. Ofendida, iria reagir com fúria, arranhar o peito cabeludo, cuspir no rosto? Urra, a vez heróica de estuprá-la! Jamais desconfiaria, a bem amada, que era o maior tarado da cidade?

Sentou-se na cama, o pé no tapete gelado: além das últimas forças, baixar a cabeça e descobrir o chinelo. A língua saburrosa não cabia na boca, o famoso suor frio na testa.

— O senhor facilita. Perde o emprego.

Não tinha, ó doce inimiga, a menor consideração. Tripudiava sobre a alma ferida na hora de agonia.

— Ai, não. Babou na fronha nova!

Grande o perigo, um vágado de fraqueza tamanho:

— Quer a verdade, minha...

Condoído de si mesmo um soluço trincou a frase.

— ... filha? Agora eu acabava comigo.

Suspenso o rufar das unhas na vidraça.

— Não fosse minha tosse. A cabeça no forno de gás... Dói muito o pescoço.

Os Três Irmãos

A cada passo Vavá olha para trás, desconfiado — o maldito espírito que o persegue. Lua cheia, fez um buraco ao pé da macieira, enterrou bem fundo o diabinho. Que, de manhã, assim abriu a porta para o gato, esperava-o sentado no capacho.

— Que tanto olha atrás do piano? — aflige-se a pobre Dutinha.

O canto preferido do intruso. Vavá enxota-o com duas bengaladas certeiras. De noite aquela gritaria: acende a luz e puxando da perna esquerda, aos berros, persegue o imundo:

— Agora te peguei... Não se esconda, desgranido!

Embrulha-se na cortina, ergue nuvem de pó, explodindo em espirros:

— Sei que está aí.

Tentado pelo espírito, irrompe na alcova da irmã, a todo custo dormir de mão dada com ela.

— Está louco, Vavá? Meu noivo o que vai pensar?

— Noivo esse que ninguém viu?

Dutinha, a caçula, é noiva dengosa aos sessenta e cinco anos. Finou-se a mãe na agonia do parto, o relógio bateu, a criança chorou.

— Do último suspiro da mãe — disse a parteira — o primeiro grito da filha.

Caiu da rede e quebrou a espinha. Na ausência da tia, a babá enfeitava-a com prendedores de roupa na orelha. Pequenininha, corcundinha, bundudinha, bordava cravo em guardanapo que era a inveja de todas as primas.

Na escola as meninas alisavam a bossa para dar sorte, eram amaldiçoadas: uma afogou-se na banheira, outra comeu vidro moído com arroz, a terceira acendeu fósforo no vestido de musselina azul.

— Praga da Dutinha.

Toda moça que cospe sangue no lencinho, foge com o trapezista do circo, engorda tanto que ocupa duas cadeiras, a vítima da nossa Dutinha.

Quase anã, um pulinho no degrau da porta. Boquinha sangrenta em coração, oscila de um lado a outro, invisível balde d'água em cada mão. Sentadinha, derruba o chinelo, não o alcança sem descer da cadeira. Filha perpétua de Maria, canta no coro da igreja — a voz mais esganiçada. No quartinho róseo, sonha com os noivos, recorta uma silhueta de braços abertos. Lívida, acode aos berros de Vavá que esgrime com o fantasma.

— Correndo atrás desse doidinho acaba no asilo.

O aviso perverso de Lelé, brigado sete anos com o irmão menor. Dutinha serviu a travessa com três ovos fritos e, primeiro a empolgá-la, Vavá se apossou de dois — desde esse dia um quer morder a mão do outro.

— O mingau de Vavá, quando partiu a perna, quem pagou fui eu — invoca o Lelé.

O ricaço da família, compra e vende lata vazia de cera, investe o dinheiro em bilhete de loteria. Bigode negro, cabelo lambido de brilhantina, exige picadinho com arroz fofo. Lépido nos setenta anos, o maior guloso, engordou e ficou diabético. Não queria despedir-se do virado, da lingüiça, da farofa.

— Fumar? Não fumo. Você bebe, Dutinha? Nem eu. Único vício é baba-de-moça.

Ela o proíbe de comer tanto. Em resposta, devora com esganação até o último camarão frito. As formigas ruivas em volta do urinol, fica bem bonzinho:

— Me acuda, Dutinha...

De preto pinta a sobrancelha — o galã secreto das normalistas. Gabou-se de amores com margarida do banhado — a mocinha descalça ao longe. Boné xadrez, colete verde de veludo, dores anginosas lancinantes.

— A velha asma — e aspira o vidrinho de éter.

Os três no casarão sempre fechado, as latas no soalho que aparam as goteiras, o caruncho roendo a palhinha do sofá, o azeite rançoso na lamparina da alcova — e amarelas do pó as folhinhas de avenca.

— Por que não come com o Vavá?

— Esse ladrão de ovo?

Mão na boca, dentadura no bolso, à vontade para xingar:

— Há de pedir esmola na porta da igreja.

— Não fale assim, Lelé. Que o céu castiga.

Uma das famosas pragas da Dutinha?

— Minha irmã contra mim.

O consolo é malhar a machadinha no quintal. Na morte do pai ele picou lenha três dias sem parar.

De repente a cabeça no vidro quebrado da janela:

— O viúvo da Mata Hari é grande borracho.

O moço Vavá, esse, bebe escondido: o nariz mais vermelho que a cara. Na versão de Lelé, tem olho de vidro: bêbado, deitou-se no campo, um corvo lhe bicou o olho — seria o esquerdo? Elegante na polaina de lã e na verruguinha do queixo, com três cabelos enrolados. Corre para a cama quando troveja, folheia uma revista da Grande Guerra. Conhece o número de mortos, os generais, os ratos de trincheira — espiã nunca houve igual a Mata Hari.

Silenciado o canhão do céu, manquitola ao redor do piano. Chama a pessoa por nome diferente. Dutinha escuta atrás da porta:

— Ai, que miséria... Não sou moço interessante!

O carteiro entregou-lhe o envelope azul, que ele abriu, distraído: um leproso pedia esmola. Aflitinho, o papel na ponta do dedo, queimou no fogão:

— Eu peguei... Peguei na carta!

Há que de anos lava as mãos sem parar?

— Não imagina, Dutinha. Os micróbios, eles nunca têm fim...

No banheiro careteia para o espelho, espirra água na parede, o soalho uma imundice. Esbarra no irmão, furioso de tanto esperar.

— Podre o rodapé — resmunga o outro. — Não compra uma lata de cera?

— Sou eu o barão da família?

Exibe garrafa de vinho tinto, estala deliciado a língua:

— Eta sardinha gostosa!

Lavando a mão e abrindo o armário — no espelho o esconderijo do fantasma?

Vavá de bengala em riste. Lelé de chicotinho com que espanta os gatos vagabundos. Aos gritos a irmã arrasta-o para a cozinha:

— Ergueu a mão para um aleijado!

— Com a bengala esse baixinho é um perigo.

— Não o chamou de ladrão?

— Quis ser sócio nas latas de cera. Entra no paiol, examina a prateleira, remexe a lata: *Que fim o meu capital? Onde o meu lucro? Para a loteria haja dinheiro, não é?* Daí não agüentei: Me chama de ladrão? Quem é o ladrão de ovo?!

Da galinha domingueira ao Lelé cabe o pescoço e, ao Vavá, a sambiquira. Não a pegando na mão, desajeitado com a faca, deixa no osso o melhor pedaço para a gata.

— Dutinha podia ser feliz — insinua Lelé. — Não se sacrificasse por esse ingrato. Olhe a mão ferida de esfregar com potassa a ceroula do manquinho. Quanto casamento você perdeu, hein?

— Ai de mim. Esqueci a conta.

O primeiro noivo um monstro de ciúme. O segundo, viúvo com sete filhos. O terceiro de cavanhaque e espora de prata.

— Aquele moço rico, lembra-se, Lelé? O pai fazia gosto: *Vá, meu filho, dançar com ela.* Tão tímido, o meu loirinho.

Estalando o chinelo de feltro, esgueira-se na alcova, remexe no baú do enxoval.

— Quem é? — exibe retratinho desbotado.

— Essa moça mais linda?

— Não vê que sou eu?

— E o Vavá intriga que você, noiva, nunca foi.

— Ah, bandido, o meu irmão! — e cruzando no peito a manta preta de crochê. — Não se lembra, Lelé? O mocinho que no carnaval espirrava éter no lenço? E morreu no sanatório?

Olhinho branco dos dias perdidos.

— Por amor de mim, que dele não gostei.

Ela que o adorava rasgou o retrato colorido de Ramon Novarro, atirou a velha gata no poço, quebrou a caneca do *Amor* em letra dourada.

Do piano os brados de Vavá engalfinhado com o fantasma. Dutinha corre ao chamado.

Queixa-se Lelé a partir lenha:

— Me jogo debaixo de um caminhão. Não é que prefere o manquinho?

Do Alto das Muralhas de Tróia

— Ó Santíssima senhora... Maldita que me crucifica com o seu amor! Sabe o que é? Uma das cadelas do inferno.

Murro furioso na mesa derruba elefante de louça e despetala rosa vermelha:

— Quero paz. Morrer em paz!

Troveja, bufa, xinga, seguido a distância pela mulher:

— Pelo amor de Deus, João. Pode ter uma coisa!

Muito branca sorri de longe.

— Mais baixo... Que eles escutam.

Sentados na cama, os cinco filhos, ouvindo os brados retumbantes.

Na festinha bebeu rum, vodca, uísque, champanha. Bailou tango de passinho floreado, aos trancos pela sala. De copo na mão cambaleava, o grande urso bêbado. Em casa insulta-a com eloqüência de guerreiro descabelado:

— Te odeio, bruxa velha. Está com câncer. Há de morrer pesteada, pútrida e fétida!

Arrebatado pela cólera, verdadeiro Aquiles que, nos gritos ululantes de possesso, abala os muros de Tróia.

Olho pávido, lívida e quieta, Maria assiste à exibição temperamental. O dedo trêmulo acende um cigarro.

— Tome um gole d'água... Está roxo!

— Ó barata leprosa!

Agarra a xícara azul da China — famosa relíquia de família —, explode-a contra a parede. Defendida pela mesa, Maria estende o copo ignorado. Continua aos berros, tais e tantos que, no telefone, um vizinho e outro: *Velho, cala essa boca. Não se lava, língua imunda?*

Com duas pragas bate o aparelho e xinga mais baixo.

De repente aos rugidos que a casa está suja. Três da manhã acorda a família, mulher e filhos a varrer, espanar, encerar — no soalho brilham as lágrimas da menina de quatro anos. Ou, acendendo jornais pelo jardim, quer incendiar a casa — atrás da vidraça a família reunida, inclusive o Paxá, duas patas no peitoril e abanando as orelhas.

Exausto, João recolhe-se ao quarto. A cena deu sede. Eis a mulher que lhe oferece o copo.

— Não quero tua água! — e bebe com a boca na torneira.

Outra vez um homem, não o abominável urso bêbado, a mão no peito louco:

— Velha, me perdoe. Tudo acabado. Já passou.

Se ela não guarda distância, pode querer o amorzinho. Desaba vestido na cama e ressona de leve, sereno como um porco. Maria lhe descalça o sapato.

Fim de Noite

No inferninho chamou-a para a mesa: quase menina, esguia e loira. Pagou bebida — "Nada de coquetel". Elogiou-a sem entusiasmo — "Uma pinta de virgem louca". E saiu com outra. Na terceira noite dormiram juntos: exigiu que gemesse o seu nome.

— Como é que caiu na vida, minha filha?

O noivo a infelicitou. Grávida, expulsa de casa pelo pai. A filhinha, criada por uma bruxa. Quantas vezes você ouviu a história?

João não aparecia, ela embriagava-se e, a lágrima pingando no copo, soluçava o nome. Uma bailarina correu atrás dos dois, sacudiu-a pelo braço. Coleguinha da pensão, Maria explicou. Que batia na porta e queria dormir na cama.

— Você deixa?

— Bêbada não sei dizer não.

— Despedida se o patrão souber. Amor de mulher é o pior vício.

— Por que, meu bem, não me tira da pensão?

Borracho, ele jurava tudo: montar casa, viver com ela. De manhã esquecia a promessa. Não é que grávida? Dele ou de outro, nem quis saber e, sob a lanterna do garçom, assinou o cheque para o médico.

— Agora é bonitinha, rainha da casa, senhora do mundo. A noite gasta as mulheres, olhe para as outras. Pense no futuro, minha filha.

Conchegava-se friorenta ao seu peito forte.

— Só minha? — ele indagava na cama.

Uma noite acudiu que havia outro.

— Ai, meu bem, tanta traição. Meses sem aparecer.

— Com gripe, depois viajei. Gostou do cartão-postal?

Sofria em desespero, a menina judiada pela bruxa. Um freguês resgatou-a da maldita pensão.

— Quem é?

— Não conhece. Um velho.

— Bom de cama?

Respeitador, só agradinho.

— Já vi tudo: é tarado.

Generoso permitiu que levasse a filha.

Era João aparecer, passados dias, semanas ou meses, e ainda que acompanhada, o sinal para o fim da noite.

— Não tem ciúme dos outros?

— Ai de mim, que posso fazer?

Mordia-se de fúria se ela respondia ao aceno de um cliente. Dando-lhe as costas, esquecia-a para sempre.

— Então não sabe?

Só dela, arrepiar-lhe os cabelos da perna com o dedinho do pé.

— Por que meu amor tem de ser uma putinha? Apresentá-la à minha mãe: Aqui a noiva dos meus sonhos?

No quarto sórdido de hotel, inocente sorria no sono. Descia a escada, já deslembrado dos votos.

Noite de angústia ou embriaguez, soluçando nos seus braços, ela exigia pacto de morte.

— Está louca? O velho fica sozinho?

— Dei queixa na polícia. Quis abusar da menina de três aninhos.

Beber formicida, fogo às vestes, atirar-se no poço do elevador, um bilhete cheio de erros: *Eu fiz isso por causa que o João.*

— Querida cadela, só minha?

Desta vez um senhor distinto, desquitado ou viúvo, oferecia casamento por contrato.

— Quem é?

— Não conhece.

— Bom de cama?

— É safadinho.

— Ah, ingrata. Não gosta de mim. Não sabe o que é. Gosta, isso sim, que eu goste de você. O amor faz de você uma putinha dourada. Ali aquela falsa loira? Por ela o pobre doutor perdido de paixão. Vaidosa da glória, o retrato colorido na porta.

— Meu amor, como fala bonito.

Desconhecia o seu poder, não fosse ingênua faria dele o último dos escravos.

Marcaram encontro na porta do cinema.

— Por que não foi, sua fingida?

— A boba mudando de vestido a tarde inteira — informou a colega. — Tão nervosa lhe dei licor de ovo.

— Esse o vestido?

Mais linda canarinha amarela banhando-se de penas arrepiadas na sua tigela branca.

Não queria de luz acesa.

— Bobagem é essa? Nunca teve vergonha.

No corpo as manchas negras de ponta de cigarro. Chorava a menina? E o distinto: *Arre que eu rasgo essa criança pelo meio! Não pára de chorar?* E derramava cachaça na boca do anjinho.

João afagou a cabecinha vazia.

— Deixar esse homem.

— Quem paga a pensão?

— Ele te mata.

— Pois que mate. Você não me quer.

Jurava uma vez mais.

— Muito doente — preveniu a colega. — Chora por você.

No aborto sofreu hemorragia, de táxi ao hospital, esvaindo-se em gritos. Sem vê-lo, morrer não queria. Prometeu ir, você foi? Nem João. Quem sabe confiar-lhe a filha e, além do mais, noivo da moça de família. Fim de noite, num inferninho qualquer, chorou diante do espelho, rato piolhento de esgoto.

Primeira vez, posto que sozinha, não veio ao seu encontro. Chamada pelo garçom.

— Quase morri. Nem foi me ver.

— Ai, não pude. Se soubesse, a vida atrapalhada. Ofereceu pagar médico e remédio.

— De você não quero.

Aceitou o dinheirinho da peruca ruiva. Bêbado, rolava de um a outro inferno, acabava com ela no quartinho de aluguel.

— Querido, sabe o quê? Devia pegar a minha...

Dormiram de luz acesa e mão dada. Vergonha do quadril estreito, o seio miúdo. Mal desconfiava que a sua glória era o pequeno seio, o quadril de falsa magra. Sem poder tocá-la, tremia que ela descobrisse o quanto a amava. Manhã seguinte, um cheque no espelho da penteadeira, proibiu-se de beijá-la, ressonando de leve. Menininha perdida no bosque de velho sádico e beberrão sem caráter.

Com medonha ferida na testa, oculta pela franjinha: a filha morta.

— Pense no futuro, meu bem. Olhe as suas colegas... Por que se atirou do táxi?

— Queria morrer. Sabe, João?

— O que, amor?

— O único que perguntou pela minha filha.

Ali mesmo na rua, de pé, a poucos passos da pensão, quase surpreendido pelo guarda-noturno, ele a possuiu à força.

— Parece louco, João. Não podia esperar?
— Não entende, sua burra? Não sabe nada?

E rangia os dentes para não cair de joelho.

O bracinho picado de agulha: viciada por um cliente. À tarde no bordel das normalistas.

— Eu mato esse desgraçado. Não vê como está de olheira?

E de olheira, biquinho duro do seio, cicatriz de navalha no ventre, ainda mais querida. Burrinha, incapaz de retê-lo, bastaria lhe tocasse no dedo para não abandoná-la.

Apaixonado por outra, João casou. Um mês depois, fim de noite, ali no inferninho. Mão fria no bolso, gosto ruim na boca, procurou por entre as mesas.

— Cheirando pó no banheiro — informou o garçom. — Bem doida. Desde que o doutor casou.

Cambaleante, a cara lívida, só dois grandes olhos.

— Não cuida dessa tosse? Nenhum futuro, minha filha. Também elas, rainhas da noite. Olhe agora, sozinhas, doentes...

Bem quieta, pesando um pouquinho no seu ombro.

— Chore não, putinha mais doce. Com você eu me sinto bem. Não preciso fingir que sou o rei da terra. No teu peito o leite da infância perdida. No teu corpo de virgem louca o potro selvagem da luxúria. Na tua boquinha pintada perco o nojo de mim mesmo.

Emborcou o copo. Ajeitou o óculo escuro. Assinou o cheque sob a lanterna. Não fora tão bobinha, podia arruiná-lo com o primeiro beijo que negasse.

A Doce Inimiga

Após a discussão de toda noite, ele demora-se no banheiro. Ali no espelho xinga-se de rato piolhento, mergulha o rosto na água fria. Mais calmo, volta para o quarto: sua alma coágulo de sangue negro. De nada serviu a espera, bem acordada ela folheia a eterna revista (já não chora o amor perdido), boquinha meio aberta de calor. Deita-se encolhido no canto; sob a janela um grilo grita a aflição do mundo — maldito grilo, maldita inimiga.

Dois carrascos condenados a torturar um ao outro. Nela tudo lhe desagrada: a boca pintada, o sestro de beber água e deixar um resto no copo, a maneira de cortar o bife. Como a ela aborrece o seu cabelo comprido, o passo truculento que abala os cálices na prateleira, o pigarro de fumante. Por amor dela contraiu bronquite, gemeu dores de estômago, padeceu vágados de cabeça e — ainda era pouco — três furúnculos no pescoço. Mas não hoje. Que ela surrupie do seu prato uma batatinha frita, capaz de lhe morder a mão: Te odeio, bruxa velha. Há de morrer pesteada, pútrida e fétida.

O calor anuncia as brasas do inferno, assim que ela apague a luz será mordido pelo pernilongo da insônia. Surpreendê-la adormecida, indefesa ao seu olhar impiedoso que descobre uma ruga no canto da boca, dois e três cabelos brancos, um gemido abafado. Volta-se devagarinho, espreita por entre a pálpebra: ao clarão do abajur a camisola exibe a suave carne fria. Ó prazeres do leito de tão pouca dura. Deles para sempre despede-se: após a discussão de palavras irreparáveis, jamais irá tocá-la.

Distingue a penugem dourada do braço, a mansa curva do seio ainda ofegante de raiva, os loiros cabelos revoltos por um vento mal aplacado de fúria. Nunca mais desnudar-lhe as prendas e com um suspiro passa pelo sono.

Um pesadelo, meu bem? Infeliz abre o olho — meu pesadelo é você, querida. Ei-la debruçada (também o odeia desarmado no sono?), um sorriso entre divertido e amoroso. A discussão excitou-a ou o retrato do galã na revista: não o chamou de meu bem? Lateja o rancor na veia da testa e quer morrer de tristeza, antes matá-la com o desdém. Gostosa vingança provocá-la e voltar-lhe as costas, insatisfeita, abandonada ao seu desejo.

Ela inclina-se e beija-o com meiguice. Pronto se desvanece o ressentimento, só pede um pouco de amor, gesto de perdão, palavra de carinho. Não devolve a carícia, inacessível de olho fechado. Beijar ou não beijar — nada mais entre os dois e, como prova, também a beijou. Ela dobra a cabeça para o travesseiro e, sem descolar os lábios, constrangido a acompanhá-la, apoiando-se no cotovelo, exposto ao clarão da lâmpada o adorável rosto trabalhado pelos anos.

Amargo o beijo, quase salgado, chorou duas lágrimas furtivas: essa cadela me paga. Há de suspirar rendida e cuspirei o desprezo no rosto. A nós resta o prazer solitário. Se alguma vez desejá-la, para não sucumbir à tentação, antes me aliviar no banheiro. No longo beijo gratuito, a mão indiferente desliza pelo corpo sem mistério. Passiva, deixa-se beijar, olho fechado: a boca dura de dentes. Inútil a simulação, muito bem se conhecem para um enganar o outro. Frios, rancorosos, que se recolha cada um ao seu canto — a espada do tédio dividindo os lençóis.

De mansinho ela mordisca o lábio e titila de leve com a língua. Morcego da loucura na nuca, a cimitarra do delírio rasga-lhe o ventre. Não será envolvido nas redes e laços da doce inimiga: de tão efêmera delícia qual o altíssimo preço? Mais exigência, insulto e queixa — zizia a cigarra distraída, um caco de vidro rebrilha ao sol. Afasta os lábios e, antecipando a retirada, pendura-lhe um rosário de beijos ao longo do pescoço. Erguendo a cabeça — agora se satisfaça sozinha, sua megera —, observa o rosto afogueado, odioso e belo à sombra rósea do abajur: inocente do horror que lhe é reservado.

Com impaciência, abotoado no seu pijama, põe-se a despi-la: a cada vez um terceiro seio nunca dantes suspeitado. Relutante, ela quer se defender, o que mais os excita. Descerra os olhos, dá com os dele e volta a fechá-los, o encanto rompido a uma palavra descuidosa. Cingem-se, fúria e desespero, em arrancos mais de ódio que de amor. Pensará, a doce inimiga, no galã colorido da revista? Embora a dois, um gozo à parte: ainda quando a possui, escapa-lhe por entre os braços.

Brutalmente entrou a ela. Agora à sua mercê, humilhada, e sem que ouse gesto de defesa, vingar-se do inferno íntimo. Arrancar soluços de escrava submissa, dos quais bem se envergonhe a eterna castradora.

Arregala o olho, cativa e penitente. Dela o uivo que silencia o grilo sob a janela? Sem pudor entrega-se ao sacrifício, olvidada de sua glória, ganindo escandalosa e rilhando possessa os dentes.

Em vez de gritar o nojo, o ódio regalado — ó corruíra nanica! —, não resiste à paixão ou piedade. Já não pode esperar, com saudade antecipada de tão passageiro gozo. Olho no olho, confundem a língua e o gemido, o palavrão e o suspiro. Perdidos de si mesmos antes da longa explicação inútil. Ela falará mais do que ele. Ainda uma vez as revelhas queixas, mil e uma aflições de tantos anos sem paz.

Este livro foi composto na tipologia Minion, em corpo 13/19, e impresso em papel off-set 90g/m², no Sistema Cameron da Divisão Gráfica da Distribuidora Record.